www.ingramcontent.com/pod-product-compliance
Lightning Source LLC
LaVergne TN
LVHW092022190726
843493LV00002B/545

ربما تُطعمنا يد الله

دار حروف منثورة للنشر والتوزيع

الطبعة الثانية

الكتاب: ربما تطعمنا يد الله

المؤلف: تامر عطية

تصنيف الكتاب: رواية

تصميم الغلاف: فريق الدار

مراجعة لغوية: مؤمن عفيفي

تنسيق داخلي: فريق الدار

رقم الإيداع: 2014 \ 8311

مؤسس الدار

مروان محمد

Website: https://horofpdf.wixsite.com/ebook

Fan page: http://facebook.com/herufmansoura

Email: herufmansoura2011@gmail.com

هاتف جوال: 00201113006296 – هاتف جوال: 00201064054995

دار حروف منثورة للنشر والتوزيع لا تتحمل أي مسئولية اتجاه المحتوى الذي يتحمل مسئوليته الكاتب وحده فقط.

رواية

ربما تُطعمنا يد الله

تامر عطية

إهداء

إلى القادم برغم كل شيء،
وبرغم أي شيء.

(هذا هو جسدي الذي يُبذَل عنكم، اصنعوا هذا لِذِكري.
هذه الكأس هي العهد الجديد الذي يُسفك عنكم .)
إنجيل لوقا ....

كان جائعاً بحق كعادتِه دائماً، حتى أن جوعه الذي اعتاد مصاحبته بدا أكثر شراسة في تلك اللحظة، رغم ذلك لم ينسَ العم (إبراهيم)، والذي أصبح كل أهله ومعارفه، رغماً عنه.

كان يخشى على ذاك العجوز الطاعن في السن، أنْ .... يجوع.

جرجر آلامَه المُزمنةَ نحو الباب المتهالك، والذي يحجز من ورائهِ المخلوقَ الوحيد الذي يحتاجه، ولا يهمِّ من يحتاج الآخر.

كان يعرف يقيناً كيف يفتحه؟ وكيف يدخل إلى ذلك العالم المنسي بقلبِ الحي العتيق، لكن خوفَه كان أقوى من رغبته في الاطمئنان عليه، فبدت حركته بطيئةً مرتعدة.

- عم (إبراهيم)..............................

اختزل جوعَهُ وقلقه في ابتسامةٍ كاذبةٍ، رسمها فوق شفتيه

- لسه نايم يا راجل يا عجوز؟

تفحّص المكانَ الضيق من خارج الحجرة...... لا جديد .

دخل إلى حجرة (إبراهيم) الفارغة إلا من سريرٍ متهالك، وطبقٍ يتيم، مغطى بكِسرةٍ من الخبز الجاف، والقريبة جداً من العفن، ليجده غارقاً في نومِه، ومستلقياً على جانبِه الأيمن .

- يللا يا راجل يا طيب، معاد الأكل وجَب.

كان سكونُ عم (إبراهيم) مقلقاً بعض الشيء، اقترب منه وهمس في أذنه خشية أن يفزعه.

- قوم يا عم (إبراهيم).

حين هزَّه برفق، انقلب على ظهره، فعلِمَ أنّه لم يكن غارقاً في نومه، بل غارق في الموت.

دقَّ قلبه دقات غلبت أنين معدته. لم يكن أول من رآه ميتاً، لكنه أحبَه كجدته، والتي رحلت منذ فترةٍ أقرب من أن يحتمل معها رحيلًا جديدًا، لم يطاوع تلك الصرخة التي ملأت صدره بالضيق، واستطاع أن يخمدها قبل أن تنطلق.

لقد امتلك نفس عينها الميتة، وفمه كان مملوءً بالقيء.

عرفَ أن ما قتله هو الطعام، تقيأ، وهو نائم، ولم يكن بجواره فاختنق، وفاضت روحُه شبِعة.

لم يدرك أنه يمتلك مثل ذلك الإحساس المقيت من قبل، حين تبدَّل إحساسه بالألم لموت عزيزهِ إلى الحسد.

نعم حسدَه لأنه مات غير جوعان، أو لأنه لن يجوع مرة ثانيةً.

إنه الجوع الذي يمكن أن يُخرج كلَ ما فيكَ من موبقاتٍ. فقط حين يتملّكَك.

ماتَ وراح بموته الشخص الأخير، الذي كان يعرف أمَه (مارجريت).

لم يعد يملك بدائل، استنفذها جميعها، حتى بات صبره على الجوع مستحيلاً، إنه يموت ببطءٍ يشبه الجحيم، يتآكل حياً، وهو الذي اعتبرَ نفسه أصدق عابدي (يسوع) المخلِّص.

ظنَّ أن الجوع سينتهي إذا ما أخلص المحبةَ له، مع الوقت لم يعُد يعرف، هل بإمكانه الاعتماد عليه أكثر من هذا؟ أم أنه سيعلن الاستسلام؟

وبالفعل كانت تلك المرة هي أول أمارات استسلامه للألم، رغم أنه يعلم تمامًا كَمْ الآلام التي تحملها (يسوع) من أجل كل الناس، وهو منهم.

ربما لم يدرك ما استجد عليه من شعور، لأنّ وعيَه كان قد التهمه الجوعُ كاملاً.

سارَ محتضناً للصورةَ، وكأنها أمُه الحقيقية، أمه التي لم يرَها قط، والتي لم تترك ما يدله عليها، وصل إلى درجة الإيمان بأنها ليست هي، لأنّ العم (إبراهيم) لم يعرفها، لقد ربّاها صغيرةً، إذن فهو أحق الناس بمعرفتها.

حقيقةً أنّه آمن بها، حتى أنّه صدّق كذبته. والآن تبدّلَت المشاعر. كان لابد له من أن يحصل على المال، وبأية طريقة، حتى ولو بأكثر الطرق ألماً، فقط لِيَبْقَ على قيد الحياة، ويُكمل عملَ الرب الذي ائتمنه أبوه (مكاري) عليه، ذلك العمل الذي أراد أن يتمَّه بكل إخلاص.

- ربنا يعوضك ـ كان يأمل أن يسمع الرب كلمات (مكارى)، لم يعوضه حتى لحظتها، وبدا أنه لن يعوضه مطلقاً.

وجدَ باب (سامبو) مفتوحًا على مصراعيه في تلك المرة، وكأنه لم يمل الانتظار، ولم يتردد هو في الدخول، ظهرَ على ملامح التاجر ارتياحُ من كان ينتظر، ثُمَّ أخيراً ظفر.

- أخيراً جيت؟ يا راجل حسستني إنها صورة (الموناليزا).

- يا بني دي لو كانت صورة أمي أنا، وجالي سعر حلو فيها، كنت بِعتها من غير تفكير، ما تنضف دماغك من اللي فيها، وعيش الدنيا زي ما هي عايزة.

وضعَ الصورةَ الملفوفة بعناية على مكتب (سامبو)، كأنه أمٌّ تضع وليدَها في المهد، وقال بجمود:

- ماهو عشان مطلِعتِش صورة أمي. الفلوس لو سمحت.

- هيَ صورة الوالدة وللا لأ؟ انت حيرتني معاك؟

تساءل (سامبو) في حذر:

- مطلِعتِش هيَّ يا (سامبو)، وأرجوك مش عاوز استفسارات تانيه.

رغم عدم استيعاب (سامبو) للحوار، إلا أنه كشف الصورة متخوفاً، لم تلبث السعادة أن لمعت في عينيه حين تأكد أنها نفس التي رآها في حجرته منذ أسابيع.

- أمك مش أمك المهم إنها تحفة، هو ده الشغل. مش تقول لي صور مشايخ وقديسين وشهدا، أنا ممكن أشتري منك كام بورتريه من ده بربعميت جنيه الواحد، بس شد حيلك انت معايا، وانا أخليك تاكل الشهد.

لم يكن يريد أكل الشهد، فقط أراد أن يُخرس معدته ولو لأيام، حتى ينهي عمله في بيت الرب. قال بنفس البرود السابق:

- الربعميت جنيه اللى إتفقنا عليهم، لو سمحت.

ضحك (سامبو) وهو يعد النقودَ التي أخرجها من جيبه، منحه أربع ورقات قائلاً:

- حقك يا فنان. على فكرة إنت موهوب، بس دافن موهبتك، خليك بس معايا هتكسب.

أضاف الصورةَ إلى مجموع معروضاتِه، وهو يعلم تمامًا أنه لن يبيعها بأقل من ألف جنيه.

انتشلَ النقودَ من يده، فزادت ضربات معدته إيلامًا، ضغطَ بقبضته على الورقات، علَّها تخمد جوعه، أو تطمئن معدته.

منحَ لوحته نظرة أخيرة مودِّعة، وأدار ظهره ل (سامبو) من دون كلمة، ثم اتجه نحو أقرب بقالة منه. وضع الورقات الأربع أمام البائع، والذي استغربَ مثل هذا الزبون، الجامد الملامحِ، والأقرب إلى الموت منه للحياة.

- عاوز أَكْلْ.

لا أدري السبب الحقيقي من وراء حكيّ قصة (ميلاد).

هو شابٌ قد لا يثير في نفسِك تساؤلًا مميزًا حين تقع عينك عليه، يشبه أيّ شاب نحيل قد تراه في حياتك الطبيعية، نفس الجسد الذي يمتلكه الكثيرون، نفس العيون المرهقة لقلةِ النوم، ونفس الجوع الذي يهدِدُ الملايين من أبناء بلدي، حتى أني لم أكن أعرفُ عنه الكثيرَ قبل موته، وقبل أن يترك تساؤلات عدّة من بعده، لدرجة أن الكنيسة نفسها محَت رسمَه من سقفها، وأوكلت الأمر إلى آخر شديد الاحترافية، محى فعلتَه في حق الرب (يسوع).

ربما هي الشائعاتُ التي خلَّفها موته، الشهرة ملتصقة بالشائعات كما تعلمون، وقد اشتهر بعد الموت، وربما لأنني أحيا بالقرب من حيه الفقير ـ علماً بأني لا أتبعُ دينَه ـ

لكن على كلٍّ، أعتقدُ أنه عاش قصةً تستحق الحكي، وبمعنى آخر حكاية أُحب أن أحكيها. حكاية لم أتأكد من صحتها، فهو لَمْ يمنح أسراره لأحد. ذكرى ماتت في العالم الكنسي، وعاشت على ألسنة من لا يكفون عن الحكي، وإن جهلوا الحقيقة.

✸✸✸✸✸✸✸

عندما واجَهَ الصباحَ خافت عيناه، اعتادتا ظلام حجرته الضيقة لأربعة أيام متتالية، والتي عاش فيها كلَ عمره مع جدته. كانت رائحة الحارة الكئيبة لم تزَل كسابق عهدِها، نفس الهواء المُتْرب، الأمل المخنوق، والضوء المُشَوَّشُ في العيون. تلك الأصوات الرتيبة المتناثرة من دون أي جديد، بدا وكأنَّ شيئًا لم يفُته طيلة أيامه الماضية.

حاول جاهدًا أن يلقى الحياةَ بوجهٍ آخر، لكن ثباتَ الأشياء من حوله أجبره على استرجاع ملامحه الأصيلة، وعادت الكآبة تشق طريقها إلى قلبه.

غاب عنه التاريخ، لم يعرف اليوم الذي يحياه، كان لا بد وأن يسترجعَ ترتيبَ الأيام ليبدأ الحياة من جديد، حتى ولو كان مرغمًا.

في المقابلِ عم (حسين) البقال، غالبًا ما يتجنب الحديث مع أمثاله من الجهلاء، والذين تعِج بهم الحارة منذ الأزل، بدكانه الجائع الذي لا يملك سوى رفّين من البضائعِ الرخيصة، أغلبها دخان (المعسل) وأكياس الفحم الرديء.

- صباح الخير يا عم (حسين).

- صباح الفل يا (ميلاد).

- أخيرا ظَهَرْت يا راجل! والله كانت ست طيبه الله يرحمها برحمته، بس الدنيا كده يا بني، مافيش حاجة كبيرة على الموت، عموماً لو احتجْت أي خدمة قول، إوعى تنكسف. ده ستك الله يرحمها كانت عزيزة علينا كلّنا.

حاولَ الهرب من ثرثرة عم (حسين)، يعلمُ أنه لا يعنى أيّاً من كلماته، هو حتى لم يكلّف نفسه دقيقة يصعد فيها إلى السطح المقابل له، ليعرف إن كان حيّاً، أو أنه قد تبعَ جدّته.

ودّ لو صرخ في وجهه ـ يا راجل يا ضلالي، بموت من الجوع بقالي أيام مش عارف عددها، وتقول لي أي خدمه ؟!ـ

لكنه أخمد رغبة الثورة بداخله، و قال بابتسامة لا تخلو من القرف

- تعيش يا عمنا، هو النهار ده إيه في أيام ربنا؟

- الحَدْ يا بني.

كان مجرد ذكر يوم الأحد كفيلاً أن يرسم برج كنيسة العذراء في عينيه، لم يكن قد حدد إتجاهاً لقدميه، لكنهما بالفعل ملّتا قِلَّة الاستخدام، فوجَّههما من دون وعيٍ إلى الكنيسة الَتي عاش مواظبًا على زيارتها في الآحاد، وقتَ أن كانت جدته على قيد الحياة.

❂❂❂❂❂❂

مرَّت الأيامُ ثقيلةٌ كأحلام الفقراء، لم يعد بمقدورِه أن يتحملها، كان يؤمن بـ(يسوع) إيمانًا صادقًا، أراد الاستغناء به عن سؤالِ الناس، السؤال الذي يُفضِّل الموت جوعًا عليه، ولم يتحرَّج مطلقًا من سؤال (يسوع) أن يشفي جوعه الضاري .

كان ضميره يعذِّبه منذ البارحة، لا يستطيع نسيان نظرتَّه المشتهية للطعام في يده، لو أنَّ أحدًا آخر في مثل جوعه، لأكلَ من دون أن يشعر ضميرُه بأي تأنيب، أمّا ضميره فقاتلَه لأنه لم يكن طعامه.

هو طعام ذاك العجوز (إبراهيم)، والذي ائتمنه على ما يجود به الغير من كسرات الخبز، وبقايا الطعام.

لطالما أحب إطعام ذلك العاجز بيده، لأن (يسوع) بالتأكيد سيحب ذلك، وهو يحب (يسوع) بحق.

لم ينسَ، ولم يغالبه النوم، إنه الشعور المطلق بالخطيئة، وربما الجوع القارص.

نظرَ إلى الدجاجات المنتشرة أمام حجرته، فوق السطح.

تأملها وهي تلهو غير جائعة، طعامها يفيض من الخبز المبلل، والذي تداوم (أم مينا) على إحضاره كل يوم. بدا كأنه يحسد الدجاجات أيضًا، لعنة أصابته تجاه كل من يجد طعامه.

أحسَّ أن كل مَن حوله قد نسوه في زحمة الحياة، ربما عن قصد، ولا يغفر لهم عدم القصد.

ودّ لو أطلق العنان لصراخه، ليصل إلى (يسوع)، فيجعل السماء تُمطر طعامًا فوق السطح . لكنه نظر إلى أعلى في خضوع تام.

- (يسوع) مُخَلّصي للأبد، أنا جعان، اطعمني زى ما بتطعم الفراخ، زى ما أطعمت حوارييك من لحمِك المقدس، ودمك الطاهر يوم العشاء الأخير، واقبلني في ملكوتك مع القديسين والشهداء، آمين..... آمين.

✺✺✺✺✺✺

شعرَ وهو يلمس سقف الكنيسة أنه يلامس وجهَ السماء. وجه السماء الذي طالما أراد أن يقربه، عَلَّ صوته يُسمع، وسؤاله يُستجاب.

كان جوعه قد انطفأ، وإحساس الشبع الذي جرَّبه أولَ مرة لم يزل حيًا فيه، يعلم أنه ربما لن يشعر به بعد أسبوع واحدٍ يمر، لكنه بات سعيدًا أنه جرَّبه، حتى أنه تخلص من قبضةً معدته على كل جوارحِه، وأنه سيفعل شيئًا آخر غير ممارسة الجوعِ المستمر.

منحَ ظهرَه للأرض، فأحسَّ روحه قد جافت الدنيا بكل آلامها وآثامها.

تحسس السقفَ في حنان ظاهر، كانت الرسمةُ القديمة قد تآكلت تمامًا، وعليه أن يعيد رونقَ السقف بلوحةٍ مقدسة تليق.

و ليس أقدس عنده من لوحة العشاء الأخير، حيث (يسوع) الرب فاردًا يده بالخبز لحوارييه. يتقن رسمَها، لكنها مرَّة يجرِّبها على كل تلك المساحة.

كان خائفًا، فارتعدت يده عندما مدَّها بالقلم الرصاص، ليضعَ أول خطوطه على السقف الطاهر. على وجه (يسوع).

- من أجلك يا (يسوع) وحدك. عوضني يا إلهي تعبي عشان بيتك، واقبلني في ملكوتك مع القديسين والشهداء ....آمين.

✦✦✦✦✦✦✦

كلما دنَت لحظةُ الخلاص تنامت المعاناة، وربما كان انتظاره للغد الذي بدا بعيدا هو ما أشعلَ فتيل الجوع المحتل جسده؛ منذ أمدٍ بعيد.

أمسك بطنَه وهو يلملم لوحاته المتناثرة في أرجاء حجرته الحقيرة، بالمعنى الحقيقي لكلمة حقيرة.

كان عليه أن يُقنع الأب (مكارى) مسؤل الكنيسة بموهبته، كي يقبل، ويسمح له بأن يعيد رسم سقفها، وبرغم محبته الخالصة لـ (يسوع) إلا إنه كان بحاجة ماسة للنقود القليلة التي وعده بها القس (مكارى). هذا في حال اعترف بموهبته، و أوكل المهمةَ إليه.

أخذ يزيل الغبارَ الخفيف من فوق لوحاته، تأمل وجوه القديسين والشهداء الذين عاش عمره يرسمهم، كانوا بالنسبة له أهله وعشيرته التي لم يجدها في الواقع.

كان يحفظ سيَرَهم عن ظهر قلبٍ، رسمهم بحبّ، فاستحال كل منهم في لوحته إلى قصة متكاملة. قصة من الزهد والورع والمحبةِ الخالصة لكل الناس، كان موهوبًا بحق، كل ما كان ينقص أن تتكلم كل شخصية عن نفسها، فتدب فيها الحياة.

- وفقني يا (يسوع) عشان أخدمك، و........ أوقف جوعي.

☼⬡⬡⬡⬡⬡☼

بدت الطَرَقات الخفيفةُ على باب حجرته جديدة على أذنيه، تساءل في نفسه ـ مين افتكرني ؟ـ

كان لم يزل مكوِّمًا جسده، يضغط بركبتيه على معدته علَّها تتوقف عن الصراخ. فكّ جسده في تثاقل حذِر، وجرجره إلى باب الحجرة ليفتَحَه في وجه الضيف.

عندما وقعَ بصرُه على (سامبو) انتابته دهشةٌ عارمة. لم يمنع نفسه من سؤالٍ غير لائق لمثل ذلك الموقف.

- (سامبو)؟ إيه اللي جابك هنا؟

- إيه اللي جابني؟! يا بني دي مقابلة تقابل بيها ضيف؟! إيه؟ مافيش اتفضل؟

- لا لا أبداً. اتفضل بس المكان ....

- يا سيدي كلنا ولاد تسعة، وأنت والله ابن حلال إني لقيتك في مطرحك.

كان (سامبو) تاجر اللوحات الجاهل الذي تعامل معه أكثر من مرة قبلها هو آخر الوجوه؛ التي يتوقع رؤيتها أمام بابه.

لم يحبه قط، ربما لملامحه المنفّرة، بطنه المنتفخة، رأسه التي تشبه بيض النعام، وربما لأسلوبه الرديء في معاملة الفنانين، فقد كان يعتبر نفسه منهم، بل وأفضل.

- إيه ؟ مستغرب إني عِتِرْت فيك؟

- لا أبداً أبداً، بس عرفت عنواني إزاي؟

- يا سِيدي اللي يسأل ما يتوهش، واحنا بقالنا كتير ماتقابلناش، قلت أعمل بأصلي وأدوّر عليك، مانت قلت لي اسم الشارع قبل كده، أنا مبنساش، والوصفة كمان ما تّوِهش.

- آه نسيت، البقاء لله في ستَّك. عرفت والله وأنا بسأل عليك، من الراجل الطيب اللي قدام البيت. عم (حسين) البقال، وعذرت غيابك، مع إنه أطول من موت ستك.

- ربنا يخليك ويعوَّضك تعبك يا أستاذ (سامبو).

- إيه يا عم؟ إنت زعلت منّي آخر مرَّة؟ رحت وقلت عِدُّولي؟ هو أنا غلطت فيك؟

- كل اللي قلتهولك ارسم حاجة تتباع، إيه الغلط في ده؟ وللا أنت نسيت إني تاجر؟

- يا بني أنا عارف إنك موهوب، والمصحف الشريف إنت موهوب وتطرقع في السوق، بس لو تفُكَّك من رسم المشايخ والحاجات دي.

- مشايخ؟! قصدك قديسين.

- يا سِيدي قديسين، مشايخ، كلهم بتوع ربنا.

- أنا مستخسر تضيَّع موهبة ربنا إدهالك في شوية رسم ما يوكِّلش عيش.

- أعمل إيه بقى؟ إرادة (يسوع). خلاني بحب أحبابه.

برغم المسافة الشاسعة بين المنطقين إلا أن (سامبو) تابعَ:

- يا عم الفنان حبهم وارسمهم، بس مش كله على كده وخلاص.

- يعني مثلاً، أنا مزنوق اليومين دول في كام لوحة، السوق عطشان والموسم مولع، ومفيش حد بيشتري صور للمشايخ اللي أنت بترسمهم.

- قديسين يا (سامبو). (مؤكدًا دونما تأفف)

- القديسين يا (ميلاد)، ورحمة أبوك يا شيخ، لو عندك لوحتين تلاتة رسم طبيعي هاتهم، وأنا هملا عينك بتمن متحلمش بيه.

- للأسف معنديش غير المشايخ اللي ما بيتباعوش يا (سامبو).

- يا فنان ..... دوَّر كده وللا كده، أنت أكيد محتاج فلوس دلوقتي أكتر من أي وقت فات.

- طب أقول لك؟ يكفيك كام يوم و تعمل لي لوحتين تلاتة مناظر طبيعية من اللي بتتباع دي؟

- أنا طاوعتك كام مرّه قبل كده، لكن نفسي معدتش مطاوعاني يا (سامبو)، حاسس إن الرسم التاني ده حرام.

- الفلوس هتخليه حلال يا فنان.

- والله مش بإيدي ده فن. (ساخرًا) وانت أكيد أدرى مني. (حاول التهرب من ذلك الإلحاح المرهق)

- آسف يا (سامبو) أنا مقصّر في ضيافتك، لكن والمسيح الحي البيت ما فيه بُقْ شاي.

- يا سيدي، ولا يهمك، كفايه بُقْ ميّه عشان عطشان فعلاً.

- ثواني هجيبلك من الحنفيه بره. معلش يا (سامبو) إنت عارف وشايف الحال ....

- ماهو ده إحنا عاوزين نغيّره، بس نعمل إيه؟

خرج يحمل كوبَه المعدني، لم يغب أكثر من بضع ثوانٍ، عندما عاد برقّت عيناه فزعًا.

وجد (سامبو) واقفًا أمام لوحته التي أنهك نفسَه أيامًا في رسمها، وقد أزاح عنها غطاءَها، شعَرَ وكأنه يعرِّيها، فصرخ فيه مهتاجًا:

- مين سمح لك تكشف الصورة دي؟

دفَعَهُ بعيداً عنها بغير لياقة، وأعاد غطاءها إليها من جديد.

- إيه يا فنان؟ ليه كده؟ هي صورة عريانة؟ ما هو بورتريه زي الفل.

- تبيعه؟

- البورتريه ده مش للبيع. (بلهجة قاطعة)

- ليه يعني؟ إشمعنا؟ كانت صورة الوالدة؟

- أيوه هي صورة الوالدة، واتفضل بقى من فضلك، معنديش صور للبيع دلوقتي، لو رسمت حاجة من اللي الفنانين أمثالك بيشتروها هبقى أجيبهالك لحد عندك.

- يا فنان ما الصورة قدامنا، والسوق عطشان، بقولك هتتباع هَوَا، ده ما شاء الله عليه حتة بورتريه، يجنن.

- هدفع لك فيه ربعميت جنيه حتة واحدة .

- ولا مليون جنيه، بقولك دي صورة أمي، إنت ما بتفهمش؟

(لمحَ سامبو التغير الطارئ على طبيعة (ميلاد)، وتأكد كتاجر خبير أن الجدال لن يفيد، على الأقل في اللحظة الراهنة، لذا ابتسم قائلًا)

- خلاص يا فنان، بس متزقّش. عمومًا أنا لحد دلوقتي محتاجها، والعرض ساري لما تيجي بنفسك، وصدقني هتيجي هتيجي. أنا هستناك والفلوس مش هشيلها من على الترابيزه. ماشي يا فنان؟

- قلت لك مش للبيع . حتى لو هموت من الجوع، مش للبيع.

- هنشوف يا سيدي، الكلام أخد وعطا، وأنا عطايا ما يتردش أبدًا. مستنيك قريب، وشكرًا على الميّه اللي مشربتهاش، سلام يا فنان.

- (بقرف) : سلام.

احتضنَ لوحتَه باستماتةٍ، كأنه يحميها من ذلك المغتصب الجاهل، في الحقيقة لم يكن (ميلاد) متيقنًا حتى لحظتها أنها .... أمُّه. لكنَّ إحساسَه بها كان يكفيه، ليخاف عليها، ويغضب لها.

✧◇✧◇✧◇✧

عندما فتح بابَ الكنيسة شعرَ وكأنه يخطو أول خطواته في الجنةِ، ربما لأنه أحبُّ الأماكن لقلبِ (يسوع)، فصار بالتبعية الأحب لقلبه هو أيضًا.

كان مُقصرًا منذ بضعة أسابيع في حق الكنيسة، كنيسة (العذراء) التي لا تبعد عن مسكنه كثيرًا، لكن الرب (يسوع) يعلم بالتأكيد تلك الظروف التي مرّ بها، فقد قتلته موت جدته بحق.

كان الأب (مكاري) قد بدأ وعظته الأسبوعية قبل دخول (ميلاد) بقليل، اختار مكاناً في الصفوف الوسطى، وجلس يستمع بإنصاتٍ شديد.

كان يحب (مكاري)، ويعتبره أبًا روحيًا، فهو من يقبل كلَ اعترافاته، يرى في كلماته الراحةَ من هموم الدنيا وشقائها، يحب الطيبةَ الملازمة لعينيه، وتلك الابتسامة التي لا تفارق شفتيه، ينشر معها دفئًا لا يجده فيما عداه، لطالما أجاد شفاء القلوب الحائرة، وبخاصة قلبَه الجائع.

بالفعل خفتت آلامُ معدته حين أنصتَ لكلمات الأب (مكاري)، فلم يشعر بمرور الوقت، ودّ لو أنه لا يتوقف عن الكلام مطلقًا، لكنه أنهى وعظته بعد نفاد الكلمات.

لم يكن مهتمًا كغيره بالمغادرة، توقف الجميع ساعتها حين طلب منهم الأب (مكارى) أن ينتظروا لدقائق قليلة، فهو يريدهم في أمرٍ يخص بيت الرب.

- أبنائي أبناء الرب، شعب (يسوع) المخلص. انتوا عارفين إن بيت ربنا محتاج تجديدات، واحنا بدأنا بالدهانات زي مانتوا شايفين. لكن العقبة الكبيرة اللي بتواجهنا هو السقف، طبعاً شايفين رسم السقف بقى باهت، وحتت كتيرة منه اتمحت، وده ما يليقش بكنيسة (العدرا)، ولا برعاياها الطيبين، تجديد رسم السقف هيحتاج مبالغ كبيرة، لو فيه حد يقدر يساعد ممكن يتبرع بأي مبالغ مالية، أو حتى الإمكانات البدنية في إنه يساعد الرسامين اللي هيجددوا رسمة السقف، وربنا يعوضكوا كلكوا تعبكوا لأجله، لأجل (يسوع) المخلص ....آمين.

كان (ميلاد) يدرك أنه لا يملك سوى جسده الجائع، والذي لا يكفي حتى للمساعدة البدنية، حدَّثه عقله بأمرٍ بدا له مستحيلًا، إنه يجيد الرسم، بل ويجيد رسم اللوحات المقدسة بالأخصِ، لكن السقف كبيرٌ جداً، وهو لم يجربها من قبل على مساحة بمثل ذلك الحجم، جاء صوتٌ من أعمق أعماقه يناديه ـ أنت لها يا (ميلاد) ـ

- يا إلهي، هل ممكن تساعدني عشان أخدمك؟ بس السقف واسع قوي، وأنا أضعف من ....

التفت إليه فاحتوته عيناه، بدا أصغر مما كان يبدو عليه، وكأنَّ الرب يضيِّق السقف في عينيه، ليُشعره بالقدرة، وينفض عنه كل الخوف.

وجد نفسه ينهض متجهاً إلى أبيه (مكاري)، والذي ابتسمَ أول ما رآه، بنفس الطريقة التي يشده بها إليه في كل مرة.

- (ميلاد) ازيك يا بني العزيز؟

- بقى لك كام أسبوع غايب عن الصلاة والوعظة.

(قبَّل يديه بخشوع):

- أكيد قدسك عارف إن ستي اتنيحت من اربع أيام، وقبلها كانت مريضة جداً لفترة طويلة، ومقدرتش افوتْها لوحدها.

- ربنا يقدس روحها يا بني، (دميانه) كانت عزيزة على الرب لأنها كانت ست طاهرة، وربنا هيقبلها في ملكوته.

- المهم أنت عامل إيه دلوقتي؟ وعايش ازاي؟

- أنا بخير أشكر الرب، لكن أنا كنت عاوز قدستك في شيء يخص الكنيسة.

- اتفضل يا بني، إنت من المخلصين المقبولين بإذنه.

- أنا كنت عاوز أخدم الرب في كنيسته.

- تدرس الكتاب المقدس؟

- لا يابونا. أنا كنت عاوز أرسم السقف بنفسي، وبدون أجر.

- و أنت بتعرف ترسم يا (ميلاد)؟

- برسم كويس جدًا، بكره بمشيئة الرب هجيب لوحات أنا رسمتها للشهدا والقديسين، ولو نيافتك رأيت في رسمي الموهبة، بجد اسمح لي أخدم (يسوع)، وأنول بركته ومحبته.

لم يستهلك الأمر وقتًا طويلًا من التفكير، حتى قال:

- خلاص يا بني، هات لوحاتك بكره، ولو رأيتك زي ما بتقول، كل اللي هقدر أوفره لك مبلغ قليل من المال، مع خامات الرسم، وربنا يعوضك تعبك لأجله.

ربّما كانت السعادةُ الجارفة التي سرت في عروقه مبعثها المبلغ غير المنتَظَر، الذي وعده القس (مكاري) به من دون ترتيب، لم تكن تُهم قيمةُ المبلغ المالي، المهم أنه سيأكل ولو لأيامٍ قليلة.

سرعان ما استرد عذاب ضميره، لأنه فرح لغير طاعة الرب وخدمة بيته، أطفأ ملامحه من جديد، ولم يستطع منع روحه أن تسعد، وفي غمرة سعادته المبطنة كان قد نسى جوعه الأثير.

✶✶✶✶✶✶✶

تحتل لوحةُ العشاء الأخير مكانة خاصة في نفسي، لا أدري لِمَ؟ لكني أحسست بنوع من القدسية عندما رأيتها في المرة الأولى، أشعر أنها تلخص الحكاية كلها، إله يمد يده بالخبز لمريديه، بالتأكيد يشعر (ميلاد) تجاهها بقدسية أكبر، لأنّه

يصدقها أكثر مما أفعل أنا، هي في صُلب عقيدته، وأظن أيضًا أن اختياره لتلك اللوحة بالذات كي يُجَمّل بها سقف كنيسة (العذراء) كان أهم أسباب روايتي لقصته.

رغم اشتراكنا فى الإعجاب بها، إلا إنه رآها من منظورٍ مختلف.

ربّما لم يمتلكه من لحظة البداية، لكنّه امتلك منظورَه الخاص بها حين مات.

عمومًا كانت هي الرسمة التي اختارها، وأحببت اختيارَه للغاية.

✧✧✧✧✧✧✧

كان عم (إبراهيم) يسكن بالطابق أسفل حجرة (ميلاد)، وهو بالنسبة إليه طريقًا مضمونًا إلى الرب ـ مع جدته بالطبع ـ يشبه جدته في كل شيء، نفس العدد من السنوات، و ربّما نفس العجز، الوحدة، والأهم هو احتياجه البالغ لوجود (ميلاد).

لطالما تلمَّس (ميلاد) فيه رائحةَ أمه، التي ماتت دون أن يراها، لأنه ربّاها صغيرة، احتواها بين ذراعيه كثيرًا، ويملك من أوصافها ما لا يملكه الآخرون.

كان يكره تكرارِه لحكاياته إلا في وصفِ أمه صغيرةً، حتى صارت شابةً يافعةً يراها الموت، ويتعرف إليها.

اعتاد (ميلاد) مباشرة غذاءَه بنفسه كل يوم، بعض كسرات الخبز المقدد، والجبن القديم، الذي تجود به (أم مينا) .

الغريب أنها رغم طباعها القاسية، والمنفرة أحيانًا، لم تنس لمرة ذلك الطعام الرديء، الذي تجود به على العم (إبراهيم)، والذي خلت دنياه من أي قريب، أو صديق.

كان يتساءل أحيانًا ـ ليه بتنساني ولا بتنساش عم (إبراهيم) ؟ ـ

لكنه يرجع ويقول ـ هو محتاج حد يفتكره أكتر مني ـ

وقفَ أمام شقته الصغيرة في موعده المعتاد من كل يوم، إنها التاسعة مساءً بالتحديد .

منذ موت جدته أصبحت الساعة التاسعة تعني له الكثير، كما تعني كلَّ شيءٍ بالنسبة لـ(إبراهيم).

حين دخل عليه، وجدَ (إبراهيم) جالسًا على سريره، متكئاً بظهره إلى الحائط من خلفه، وممسكًا بالإنجيل كعادته دائمًا.

- إيه يا راجل يا طيب؟ عامل إيه النهارده؟

أظهرَ ابتسامة عجوزة وقال:

- إزيك يا واد يا (ميلاد)؟ كويس إنك لسه عايش.

(ضحك) :

- أنا اللي برضه كويس إني عايش يا راجل يا عجوز؟

(التفت إلى كسرات الخبز بجانبه) :

- لسه ماكلتش زي كل مرة.

- هو أنا عيل صغير يا واد عشان كل يوم تيجي تأكلني؟ (قالها من وراء قلبه)

- أهو الواحد ياخد ثواب في عاجز زيك.

- آه يا بن الكلب، لو كنت لسه بصحتي.

ضحك (ميلاد) في مقابل انفعاله

- ربنا يديك طولة العمر يا عم (إبراهيم).

- إلا قول لي يا واد يا (ميلاد). انت اتجوزت ولا لسه؟

بدت على ملامح (ميلاد) أماراتُ المللِ وهو يقول:

- يا عم (إبراهيم) قلت لك مليون مرة، أنا لسه عندي تسعتاشر سنة، ولسه بدري على ما اتجوز.

- بدري إيه يابن الخايبه؟ ده أنا وانا في سنك...............

قاطعه (ميلاد) وتكلم بشكل آلي، يبدو محفوظًا تمامًا:

- كنت متجوز، وعندك جوز عيال كمان، يا راجل أنت ما بتزهقش من كتر الكلام ده؟ إنت حكيت لي الحكاية دي ألف مرة، انسى بقى.

انفعلَ عم (إبراهيم)

- يعني مش عاجبك كلامي؟ طب غور من قدامي يا كلب يا بن الكلب، يلا غور من هنا مش عاوز حاجة منك.

(ميلاد) ضاحكاً:

- انت زعلت يا راجل يا طيب؟ خلاص احكي اللي إنت عاوزه، وأنا هحط لساني تحت جزمتي أهوه، مرضي؟

- أنت بتعاملني زي العيال، ورحمة أمك الله يقدس روحها ...

- انت عارف يا واد يا (ميلاد)، أمك هي الوحيدة، اللي كانت بتأكلني المدعوق اللي اسمه (الجيلي) ده. كانت يوماتي على الله. تبعت لي طبق. و كان طعمه حلو قوي.

- الله يقدس روحها يا عم يا (إبراهيم).

بدأ يناوله كسرات الخبز المدهونة بالجبن القديم، وبدأ (إبراهيم) نفس الحكاية التي لا تتغير.

- انت عارف يا واد لما كنت بصحتي، مكنش قيراطين الغله ياخدو في إيدي طلعة نهار حش. كنت أحمّل الحمار النقلة من دول، بيجي عند القناية بتاعة الميّه يحْرِن.

(ميلاد) مقاطعاً:

- تقوم مِنَزِّل الغبيط من عليه، وتشيله تعديه القناية، وترجع تحمله الغبيط من تاني. والإنجيل أنت وجعت دماغي بالحكاية السوده دي، يا راجل انت مش هتبطل تكرر الكلام الماسخ ده؟

صاح (إبراهيم) غاضباً:

- طب والإنجيل مانت قاعد فيها، يللا غور من هنا يا بن الكلب يا وسخ.

- يعنى بتطردني من الجنة يا عم؟

يرميه بأقرب ما تطوله يده الواهنة، فيجري (ميلاد) من أمامه

- امشى من هنا يا وسخ.

يضحك (ميلاد) ككل مرة ينهي واجبه تجاهه:

- حاضر ماشي، ماشي يا عمنا، بس الأكل قدامك أهوه، كل عشان ماتموتش جعان.

يتركه ويغادر، برغم جوعه الملازم له إلا أنه لم يشتهِ لقمةً من طعام العم (إبراهيم)، فقد كان مؤمنًا بأنه ليس رزقه كما هو طعام الدجاج، الذي ترميه (أم مينا) كلّ يوم أمام حجرته.

✺✺✺✺✺✺✺

أخذَ يصارع الطريق ليصل إلى الكنيسة، لم يلتفت للأشياء من حوله، حين وصلها أدرك أنه استعاد شيئًا من وعيه.

كانت تلك العجوز الطاعنة في السن، والتي لا تفارق سور الكنيسة لم تزل موجودة.

يلمحها في كل مرة قبل دخوله، وفي كل مرة يتعجب أنها باقية على قيد الحياة. ارتسمت على ملامحها قسوة الجوعِ والاحتياج، وحملت في تعاريج وجهها ظلم العالم.

تلفَّت يمنة ويسرة، خلا المكان المحيط تمامًا، يبدو أنها منسيَّةٌ مثله بالضبط، أما هي فتمتلك القدرة على مواجهة الناس بجوعِها، ربّما أن ذلك ما أبقاها حيةً حتى لحظتها، و ربّما هو ما يبقيه جوعانًا.

لم يملك يومًا ما يمكن أن يخفف من جوعها، و ربّما أدركت هي ذلك أيضاً، لأنها لم تسأله طعامًا قط، وكان دائمًا ما يخشى سؤالها.

نظر إلى السماء الغائمة، حاول أن يتسلل من خلال الغيوم علَّها تراه، لكنه لم يقدر.

نظر إليها عاجزًا، كان كلُ ما يملكه في دنياه هو جسدَه النحيل، ودَّ للحظة لو أهداها لحمَ جسده، فهل كانت ستقبله؟

دارى عينيه عنها، ورغم أنها لم تصبه بنظراتها ولو لمرةٍ، لكنه كان يخجل منها، كما يخجل من قلة حيلته. اتجه إلى باب الكنيسة، واختفى من أمامها.

✧✧✧✧✧✧✧

منح ظهره للحياة، مرت ثلاثة أيام، وربما أربعة من دون أن يدري، ظلَّ غارقًا في لوحته إلى النهاية، وضع رتوشه الأخيرة، ثُمَّ منحها توقيعه، تمطى في تكاسل و وهن شديدين.

استعاد كل ما فيه حين انتبه لما حوله. كانت الحجرة الضيقة بضوئها الخافت المرتعش تبعث على الكآبة، نَسِيها حين شرع في رسم لوحته، واستعادها بعد أن أتمّها.

لم تكن الكآبةُ المستوحاة من ضوء حجرته، هي كل ما استعاد إحساسه بها، بل جوعه أيضًا.

تذكّر فجأةً أنه لم يتناول غير الماء منذ أيام. بالضبط منذ يوم وفاة جدته (دميانه) والتي كانت كل ما بقي له من أهله، رغم أنها كانت عاجزة منذ أن وَعِيَها، لكنها بمعاشها الضئيل أمّنت له إحساسًا لا يشبه الشبع، وأيضًا لا يشبه الجوع الذي يشعر به الآن.

ماتت وأخذت معها تلك الجنيهات القليلة التي يأكل منها لقاء خدمته المخلصة لها. لم يجرب الشبع مطلقًا، حتى اللوحات النادرة التي أغمض ضميره ورسمَها، ظلت غير كافية للوصول به إلى الحد الذي يمكن وصفه بالشبع، الآن يجرب الجوع المطلق.

المقلق فعلاً أنه لم يعد يعرف كيف سيأكل؟ فما من أموال فاتتها جدته، أو أحد من سابقيها.

لم يعتد النظرَ أبعد من قدميه، فلم يشغل باله بما قد يحمله له الغد القريب، وها قد جاء ذلك الغد.

إنتبه فجأة إلى تلك المشكلة الضخمة التي أنسته لوحته ـ التي غرق فيها لأيام ـ و أن يفكر في حلٍ؛ ولو مؤقتٍ لها.

قام ودار في الحجرة التي لا تتعدى الأربعة أمتار، كأنّه يدفع حوائطها ليتخيلها أوسع، لكنّ الجدرانَ أجبرته على قبول الواقع.

عاد وتأمل لوحته التي أتمها.

- حاسس إنِك شبهها، لكني لسه مش متأكد. بس أتأكد
إزاي؟

- يعني يا (يسوع) أمي تموت من غير ما اشوفها،
ومتسيبش أي صورة تفكرني بيها! حكمتك يا عظيم.

ماتت أمه (مارجريت) وهي تضعه، عندما وعى احتياجه لها،
كانت قد أخذت كل ما قد يُذَكِّره بوجهها، لم تترك صورة، أو حتى
ما يدل على ملامحها. وحين صدمه موت جدته بدأ اللوحة التي
أجلها طويلًا، بدأها هربًا من الواقع، وربما قبل أن ينسى ملامح
جدته التي اقتبس أغلب ملامح الصورة من وجهها. لم لا وهي
ابنتها الوحيدة؟

جمّع ما بقى في عينيه من وجه جدته، و وجهه ليصنع صورة
لأمه، التي بات يحتاجها بشدة.

لم يكن متأكدًا من أى ملمح إلا الشعر، فقد تركت له جدته
سلسلةً، تحمل صورةً ممحيةً لأمه، كل ما تبقى منها هو الشعر،
أما باقى الملامح فقد تآكلت منذ زمن بعيد.

- عارف إنك مش هتبخل عليّ بصورة أمي يا (يسوع)،
لإنك أرحم عليّ منها.

كان جوعه قد استعاد عافيته، وبدأ يدق جدار بطنه في عنف.

- واعمل إيه دلوقتي في جوعي ده؟ أنا بقالى أيام مكلتش.
اطعمني يا (يسوع)، اطعم ابنك المخلص (ميلاد).

شرب جرعةً من الماء، ربما ليلهيَ بها معدته، ويخدعها قليلًا.

- أنا حاسس إنى بقالى كتير عايش بره الدنيا، لازم أنزل وأشوف حل للجوع اللي أنا فيه.

عاش حياته لم يظهر احتياجه لأي شخص، حتى صارت طبيعة فيه، أصبح مجرد طلب المعونة من أيِ إنسان أمرًا مستحيلًا، وطلب الطعام هو أكثر المستحيلات في نظره، ماتت جدته في آخر يوم من الشهر، لتزيد من عنائه، وكأنها قصدت أن تتركه من دون لقمة واحدة، وذلك الرجل الذي يصرف له المعاش الشهري، شارَك في تأبينها. عمومًا هو لم يكن ليقبل مالًا عن طريق الخديعة، فهو يخاف الحرام كلَّ الحرام، شعرَ أنه بحاجة لأن يفارق الحجرة الجائعة كمعدته، ولو لساعاتٍ معدودة.

✷✷✷✷✷✷✷

عندما رأيت (ميلاد) لأول مرة لم يكن أكثر من فتى نحيل فى مقتبل عمره، ربما تلمح البؤس في ملامحه غير المميزة، عاش منسيًا، حتى أنا كدت أنساه لولا اختياره لتلك اللوحة، وما ترتب عليها بعد ذلك، ولم يحاول هو أن يذكِّر أحدًا به، حتى حياته الرتيبة مع جدته، لم يكن فيها شيءٌ يستحق أن أعرفه، وبالتالي أرويه.

علاقاته بجيرانه محدودة، عم (حسين) البقال، و(أم مينا) التي تسكن بالدور الأرضي لم يرويا عنه حكايةً قد تفيد، فربما أضفت لقصته ما رأيته لازمًا لخلق قصة معتبرة، وما أعتقد أنه كان لا بُدّ وأن يحدث مع مثل ذاك الشاب الذي أحببته فقط، لأنَّه عاش ومات جوعانًا.

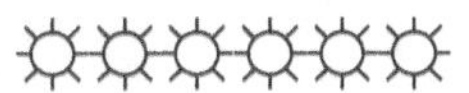

ذُهل عندما وقف أمام فرشته، كان صوت الصراخ القادم من تحت الغطاء يعصف بكل ما فيه.

تلفّت حوله مشدوهًا، ودَّ لو عرف من أي ركن تسلل الصوت، ليستقر تحت غطائه البالي.

اقترب أكثر، تحسسه بيد مرتجفة، أزاحه ببطء يتناسب مع احتباس أنفاسه، وخوفه.

حين كشف ما تحته برقت عيناه، أحس أن وعيه يخادعه.

انكشف الغطاء عن توأمين من الأطفال، يصرخان في آن واحد.

تأملهما بعد أن هدأت روحه، ما من داع للخوف، إنهما طفلان جائعان، هذا كل ما في الأمر، لكن من أين لَه بالطعام؟!

دار حوله باحثًا عما قد يُسْكِتَ صراخهما، فلم يجد.

فجأة أحس أن كفه تقبض على شيء، التفت إليه، فوجدها سكينًا حامية.

كانت آخر الأشياء التي ينتظر وجودها في قبضته هي السكين، رغم دهشته اقترب من التوأمين، وتأمل فيهما جيدًا. كانا شديدي الحسن والنقاء، براءة في شكل مخلوقين ضعيفين، طفلان لا يتجاوز عمرهما أيامًا معدودةً، فجأة تغير شكل أحدهما للقُبح، صار دميمًا منفرًا، شيطانًا لكنه ضعيف، حتى أن (ميلاد) رجع برأسه إلى الوراء مذعورًا.

لحظات مرتعبة إلى أن غلبه الفضول، عاد ودقق النظر، فعادت الملامح إلى طبيعتها، توأمان لا يميز بينهما سوى ....

- غريبة! إيه ده؟

قالها وهو يتحسس مكان اِلْتقاء التوأمين، كانا ملتصقين عند موضع القلب تمامًا.

التفت إلى السكين في يده، ليجدها تقطر دمًا.

سمع صوتًا ينزل عليه من السماء، يقول:

- افصلهما يا (ميلاد).

لم يفهم الكلمات من المرة الأولى.

- افصلهما.

عندما تكرر النداء أدرك (ميلاد) المعنى.

" ذلك المعنى شديد القسوة كيف ينزل من فوق؟!" تساءل في نفسه.

لكنه أدركَ المعنى، لا بد أن يموت أحدهما ليحيا الآخر، فالقلب واحدٌ، ولا أحد يحيا بدون القلب، ولا حتى بنصفه.

كانت الرسالة واضحة ـ افصلهما ـ

كانا متشابهين حد الاندماج، لم يميز أيهما الجميل، أيهما يستحق الحياة، وأيهما يجب أن يموت.

حتى الصورة الدميمة التي أفزعته من قبل لم يقدر أن يميزها في أيِّ وجهٍ كانت.

اقترب بسكينه من دون وعي، بدأ يقطع مكان الاتصال من ناحية غير مقصودة، وغير محددة.

سالت الدماءُ، وصرخ الطفلان.

أفاق من نومه فزعًا، وكلمة السماء ترن في أذنه مثل جرس الكنيسة ـ افصلهما ـ

أمسك برأسه علّه يهرب من صوتها، تكوَّم في مكانه خائفًا، وانطفأ النور في عينيه.

⬡⬡⬡⬡⬡⬡⬡

كانت المرة الأولى التي يضع فيها الطعام أمامه ولا يشتهيه، رغم أن الجوع يقتله.

أحس أن الطعام المرتص أمامه هو جسد أمِه، بعدَ أن باع آخرَ ما يمكن أن يذكِّره بها، تلك السلسلة الذهبية التي ضيعها بثمن بخس، وقت ضاقت به كل السُبُل.

تذكّر كلمات جدته ـ دي الحاجة الوحيدة من ريحة أمك، إوعى تفرّط فيها ـ

لكنه فرّط رغمًا عنه، كان أمامه الموت جوعًا، أو موت آخر ذكرى لأمه، ولضعفه اختار أن يبقى، رغم أن الحياة لمثله لم تكن تعني سوى الجوع والألم.

لقد ضاع وجه الصورة على أية حال، وضياع الوجه هو أهم مبرراته البائسة.

اختار البقاء ربما عرف سبب جوعه، وربما منحه (يسوع) سببًا يعيش به وله.

لم يفقد إيمانه للحظة، فقد كانت روحه تستمد قيمتها من عذابات (يسوع) على الصليب.

نظر في وجه (يسوع) الدامي، تحسس صورته النازفة وسأله

- يا ترى اللي عملته ده صح وللا غلط يا (يسوع)؟

كان يعلم أن (يسوع) لن ينطق، لكن يده امتدت من دون وعي إلى الخبز أمامه، كسر قطعة منه، وضعها في فيهِ، ومن دون أيةِ صلاةٍ تسبق طعامه.

فكانت الإجابة من (يسوع).

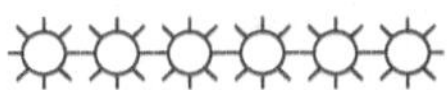

أصابته الحُمى عندما راح في غيبوبته، كان جسده يرتعد، والكون خالٍ حولَه إلا من عين (يسوع) الذي يمرِّضه.

صار أضعف من جوعه حين فقد إيمانه، كاد الموت يستغلَّ ذلك الضعف مراتٍ ومرات، وعاندت إرادة الرب إرادة الموت.

جاءه في نومه يمد يده إليه بالخبز المقدس، أكلَ وأكلَ حتى امتلأت بطنه، وشبع كما لم يشبع من قبل.

منحه (يسوع) ابتسامةً حانيةً أزالت كل ما يعتمل فى جسده من ألم، حتى الحمى خجلت أن تتواجد حيث يكون الرب فشفى، واستقرت حرارة جسده المنهك.

كأنَّ الرب يقول له ـ غفرت كل خطاياك ـ وصدقها (ميلاد)، صدقها بكل جوارحه فشبع الجسد بأمر الروح، ولم يعد يحتاج للطعام بعدها.

⬡⬡⬡⬡⬡⬡⬡

اختلس النظر إلى (أم مينا) وهي تلملم الدجاج حول آنية الطعام، بينما كان يملأ كوبه بالماء.

لم تنسَ يومًا دجاجاتها، ولا عم (إبراهيم) جارها العاجز، ربما حملت خلف ذلك الوجه العابس دائمًا، الناقم دائمًا، القليل من الرحمة، تلك المرأة المسنِّة والسمينة، التي لم يسلم من لسانها مخلوق، ولا (أبا مينا) نفسه.

قالوا إن (مينا) ولدها مات صغيرًا، أما (أبو مينا) فلا يذكر شكله حتى، كل ما يذكره هو مشهد الفراق وقتَ كان يبلغ السادسة من عمره، مرّ وقت طويل، وبقى المشهد الوحيد الذي ترسب في ذاكرته من حياة تلك المرأة.

كانت (أم مينا) كثيرة الشِجار معه، كعادتها مع الجميع، وفى ليلة مطيرة صرخت فيه " يا راجل موت وريَّحنا بدل القرف اللي انت معيشنا فيه " من العجيب أنه استجاب تلك المرة لصرخاتها في هدوءٍ مريب، وهي أول مرة " حاضر يا وش النكد اعتبريني مت، وهفوتها لك، تنهد على راس اللي خلفوكي "

بدا صادقًا دونما مواربة إلا أنها صاحت " في ستين داهية "

خرج (أبو مينا) ساعتها، ولأنها تملك بعض الرحمة في قلبها ظلت تنتظره على عتبة البيت طوال الليل، لكنه تلك المرة وفَّى بوعده.

من وقتها وهي تظل جالسةً على العتبة من العشاء، وحتى الفجر تنتظره، لكنه لم يعُد.

الجميع يعاملونها على أنَّ جزءً غير يسير من عقلها قد غادر مع زوجها، ربما كان هو سبب تحملهم سبابها المتواصل لكل شيء، وأي شيء.

قضت عمرها الباقي ما بين السطوح وعتبة الدار، وخلال دورتها تطل ببعض اللقيمات على العجوز (إبراهيم)، والذي كانت سببًا رئيسًا في بقائه على قيد الحياة حتى لحظتها.

لم تنس أياً منهم، الدجاج و(إبراهيم) وبالتأكيد زوجها، ولم تتذكره قط.

كان باب الحجرة مفتوحًا وقتها على غير عادته، التفتت (أم مينا) ببراءة لا تتفق مع تكوينها، فوقعت عيناها على اللوحة في المنتصف، بدت أماراتٌ غير معتادة على قسمات وجهها التي لا تعرف سوى رسمة الغضب الظاهرة، حتى أن (ميلاد) لمح نظرتها المتطفلة، فهرول تجاه الحجرة، و صفق بابها في وجه العجوز السليطة.

كان يعلم أنه تصرف غير مهذب، لكنه لم يندم عليه حين سمع صوتها يأتيه من الخارج

" وده إيه ده؟ هناكلها يعني؟ أما صحيح عالم نجسة "

☼-☼-☼-☼-☼-☼

لم يملك سوى أن يتابع تأملات أبوه (مكاري) للوحاته، وهو يرجو (يسوع) أن يقبّله، وتعجبه اللوحات.

بدأت علامات الارتياح المتسللة إلى ملامح القس مع كل لوحة يتأملها، وهي تبعث فيه نوعًا من الأمل.

- يلا انطقها يابونا ـ قالها في نفسه، وهو يمنّيها بالقبول.

كان يعلم أن الأمر أكبر من فتى يبلغ التاسعة عشر من عمره، لكنه أراده بكل إخلاص.

عندما التفت (مكاري) بعينيه ناحيته، كاد يطير فرحًا، فقد حملتا نظرة رضا وقبول كاملين، شعر بأنه المختار.

- دا انت موهوب بجد يا (ميلاد)، مكنتش متخيل إن واحد من رعية الرب في الكنيسه فنان للدرجة دي، أنت أحسن واحد ينفع لخدمة بيت الرب، أنا دعمتك خلاص.

قبّل (ميلاد) يده بحرارة، واحتضنه بشدة تساوي سعادته

- بنعمة وعظاتك ومحبتك يابونا.

- لا يا بني، بموهبتك وإخلاص نيتك. أنا زى ما قلت لك مش هقدر أوفيك أجرك بالكامل. (مدّ يده بنقود لم يعرف (ميلاد) كيف وصلت كفه)

- دول سبعميت جنيه يا (ميلاد)، كل اللي أقدر أوفره لك من أجر، بالإضافه لخامات الدهان والتلوين، واللي هيتطوعوا لمساعدتك، أنا عارف إنك كده بتشتغل ببلاش، لكن ربنا هيعوضك تعبك، صدقني.

كان الرقم الذي نطق به (مكارى) أكبر بكثير من أي سقف وضعه (ميلاد) نفسه لطموحاته المادية، وربما لو نطق به غير القس الذي يؤمن أنه لا يكذب، ولا ينبغي له ما صدقه. تناول المال من يديه غير واعٍ.

- أنا متشكر جدًا يابونا إنك منحتني الشرف العظيم ده.

- وأنا آسف إني ماقدَّرتش تعبك كما يجب، لكن صدقني اللي فوق وشايفنا بيقدّر أحسن من كل مخلوقاته.

عاود تقبيله ليدي القس

- من بكره الصبح بدري هكون في الكنيسة عشان أبدأ الشغل.

- لا يا بني خليها بعد يومين على ما نشتري الألوان والدهانات، إنت عارف الغلبَه بتاعة البيع والشراء، بس رجاءً إحنا عاوزين نعيد إفتتاح المبنى الأساسي في عيد الميلاد، هتلحق؟

كان المتبقي على ذلك الموعد أكثر من ثلاثة أشهر كاملة، فأجاب بثقة

- أكيد يابونا.

- قول بمشيئة الرب.

- بمشيئة الرب يابونا هتكون خلصِت قبل عيد الميلاد.

- ربنا يبارك فيك، ويقبلك في ملكوته يا بني.

- بعد إذنك يابونا، بعد يومين هكون من النجمه هنا ومستعد للشغل.

قبَّل يده ثالثةً، وغادر يتحرك بجناحين لا بقدمين، فقد كان يملك ما يمكن أن يسد جوعه لفترة ليست بالقليلة.

☼⬦☼⬦☼⬦☼⬦☼⬦☼

عندما دخل إلى البقالة الضخمة التي تجاور الكنيسة لم يكن يعرف ما قد يشتريه، فقد اعتاد أصنافًا لم تتغير طيلة حياته، مصدرها غالبًا عم (حسين) جاره، لكنه دخل وقد قرر ما يريد، أن يأكل، اقترب من البائع متحرجاً

- عاوز أكل بسبعميت جنيه؟

(وضع النقود بحالها أمامه)

استغرب البائع طريقة الشراء

- يعني عاوز أكل ايه؟

- أكل من اللي الناس بياكلوه.

- قصدي أي نوع من الأكل.

- عيش كتير، وحاجات تتاكل بيه.

- بص يا أستاذ ادخل نقي اللي أنت عاوزه، وأنا أول ما الفلوس تخلص هقول لك كفاية.

- أنا معرفش. اللي هتديهولي هاخده، بس عشان خاطر ربنا نقي حاجات كتير.

كان أسلوبُ (ميلاد) مثيراً للشفقة، لدرجة أن البقال تخيَّر له من كل ما رخص ثمنه، وكثر عدده، وطال عمر بقائه، فلقد علِمَ ما يريده ذلك الشاب الجائع.

✧✧✧✧✧

كان الجوع قد انتهى من جسده كاملًا، واتجه إلى عقله، أصابته حالة الذهول التي تسبق الجنون مباشرةً، جلس وسط الدجاجات الناعسةِ يتأملها، الغريب أنه لم يلتفت يومًا إلى أن تلك الدجاجات في حد ذاتها طعام، ربما لأن أم (مينا) كانت تعرف عددها يقينًا، وهو الذي يأبى أن يكسره جوعه أمام واحدٍ من الخلق.

- محدش حاسس بجوعي، ولا حتى انتوا.

كانت السماء تكشفه، فلم يمنع نفسه من التحديق فيها، ألقى ببصره إلى قلبها لدقائق قليلة، بدا وكأنه يبحث عن إلهه.

- حتى الفراخ رزقتها، وأنا اللي عايش عمري مخلص ليك ما رزقتنيش. هي الفراخ كانت بتعرفك أكتر مني؟! إيه الميزه اللي استحقت بيها رزقك؟ وإيه العيب اللي منعته عنى بيه؟

تألمت بطنه بشدة فأمسكها، وهو لا يزال ناظرًا إلى أعلى.

- جاوبني يا (يسوع)، متسبنيش كده. عملت إيه أغضبَك؟ عشان كل العذاب ده؟ لو كان ده اختبار ابعت لي علامة وأنا أصبر. لكن لحد إمتى؟ الجوع بيقتلني وأنت.........

- وأنت شايف، وساكت. عمر روحي ما كانت جعانه وانت عارف، وعمر الخطيّه ما داست عتبة نفسي، وانت برضه عارف. طب ليه؟!

- حتى الكفرة والناكرين لمحبتك مبتقتلهمش من الجوع، كل ده لأني مطلبتش معونة حد غيرك؟! قلت (يسوع) الأقرب والأعلم بحالي، وهو القادر اللي هيعينني! لكن باين (يسوع) مش فاضي لي. فيه في ملكوته أهم من (ميلاد) اللي حبه بإخلاص ويقين. ليه بتحرمني؟ حتى صورة أمي بخلت عليّ بيها، أمي اللي ماتت قبل ما أفتح عينيّ على الدنيا، أمي اللي ماتت وما سبتش أي حاجة تفكرني بيها، لو كان لك حكمة في ده تبقى إيه؟ عرفني.

- جاوبني يا (يسوع)، رد عليّ، وللا انت خيال مش حقيقة؟

انخرط في بكاءٍ شديد، وعلا صوت نحيبه لأنه كان جدْ جوعائًا.

غرق في بكائه طويلًا، لم يلحظ سوى تلك الدوائر التي صنعتها دمعة من دمعاته حين سقطت من عينيه.

يبدو أن السماءَ أمطرت وهو لا يدري، تحسس رأسَه المبتل تمامًا، نظر في بركة الماء تحت قدميه. لم يكن وقتًا معتادًا من السنة كى تمطر، فلا يزال الوقت بعيدًا جدًا عن الشتاء، تبقى ثلاثة أسابيع كي يُعَبِّرَ الشتاء عن نفسه، لكنها أمطرَت لأجله.

- يا ترى دي دموع حزن وللا سعادة لجوعي؟ لو كانت السما حنينة على حالي، كانت نزلت أكل بدل المطر. عموماً مش هحرم السما لحظة فرحها، وهرقص في وشها.

بدأ يخلع ملابسه قطعة بقطعة، كل ملابسه، أخذ يتمايل في عين السماء رافعًا وجهه إليها.

تعرى بالكامل لربما لحظت السماء نحولة جسده الذي قتله الجوع. ورقص. رقص لأول مرة. رقص في وجهها غير عابئٍ لما قد يترتب عليه عريه الراقص، ولا عورته المكشوفة.

أجابته السماء بكثيرٍ من المطر، كلما زاد فى رقصِه زادت إجابتها.

- يلا افرحي بجوعي، يمكن جسمي العريان يصعب عليكي
يا سما وتبعتي أكل. شايف السعادة في كل جزء فيكي،
مش هبطل رقص لحد ما تنزلي الأكل.

صاحت الدجاجات في سجنها، وبعد دقائق من العبث، أرسلت
إليه رسالةً بدت غاضبة، أرسلت برقَها ورعدها، صرخت في
أذنيه، ورغم أنها أضاءت الكون إلا أنها أظلمت بعينيه، رسم
رقصته تنورة من نار في عين السماء، وزاد من رقصه حتى بات
هستيريًا.

في لحظةٍ بدت فيها السماء غاضبةً، ضرب البرق سطح المنزل
لتحترق ملابس (ميلاد)، اختارت ملابسه، وكأنه تهديد أوّلي، كي
يتوقف عن تحديها.

حين رأى ملابسه تشتعل انتبه للوجود من حوله وتوقف.
توقفت معه كل أشكال الحياة، وسكتت الدجاجات.

اتجه إلى ملابسه التي تفحمت أغلبها، حمل ما بقى منها، لم
يدر لِمَ؟ منح السماء نظرةً لا يعلم مغزاها إلا هو
و.........(يسوع).

دخل حجرته، أغلق بابها، جفّت السماء، وانطفأت العيون.

✵✵✵✵✵✵✵

تبخَّر حلمه في أن يرى أمه، أمه التي لم تزره، ولو لمرة في
النوم، كان يعلم أن العم (إبراهيم) قد ربّاها، إذنَّ فهو أعلم الناس

بشكلها، وحين عرض عليه الصورة لم يقُل سوى " حلوة الصورة دي يا واد يا (ميلاد) "

انتظر منه أن ينطقها، أن يؤكد له أنها صورةُ أمه (مارجريت) التي ربّاها، لكنه لم يقُلْها.

تأمل صورته التي حمّلها كل أحلامَه، أن تُسكن أمه بعينيه، كان شعوره بأنها أمه فعلاً لم يزل يراوده، ويلحُ عليه .

- إنتِ أمي وللا لأ؟ انطقي بقى. لو مكنتيش أمي، أمال أنا مصدق صورتك ليه؟ ليه يا (يسوع) تسيبني للحيرة اللي أنا عايشها دي؟

كان بحاجة للمال، فبطنه تلعن جوعَها، والمبلغ الذي عرضه (سامبو) ليس بالهين، إنه مبلغٌ يؤمن جوعه على الأقل لمدة شهر وزيادة، وهو يرفض قطعيًا أن يفرط فيها، إنه يصدِّق لوحته حتى وإن أنكرها العم (إبراهيم)، ذلك العجوز الخرِف.

✿✿✿✿✿✿✿

لا أعرف لماذا أصر على إكمال حكاية (ميلاد) بهذه الطريقة التي أكتبها بها، ربما لأن حياته لم تكن مرتّبه على الإطلاق، أو لأن معلوماتي عنه جاءت متقطعة، لكني أشعر بمتعة الكتابة و أنا أحكيها هكذا.

يبقى شيءٌ كان لابد وأن أنوّه عنه، بل و أؤكده رغم أنى تحدثت فيه من قبل، وأرى أنه لازمًا حتى يتواطأ معي القارىء، كان من مكونات شخصية (ميلاد) الأصيلة الخجل، هو أكثر

الكائنات التي سمعت عنها خجلًا في حياتي، لدرجة أنَّ كلبًا ذات مرة نتشَ خبزًا كان يحمله، ولم يتبعه، ضحك كل من بالشارع، رفض ما عرضه (حسين) البقال كبديل، وَارَى وجهه حتى طلع إلى حجرته، توراى لا لشيء سوى عرض (حسين)، ولم يكن يملك ثمن الخبز البديل لحظتها، ربما نزل متخفيًا بعدها، واشترى من أبعد مكان، فقد كانت جدته حية، ذلك ما زاد من شراسة جوعه، كان يفضّل الموت على أن يطلب معونة أحد، أي أحد. ولست أبالغ إن قلت إن خجله كان أقوى من إيمانه في غالب الأحيان.

كان عجيبًا في تكوينه الداخلي، كما كانت حياته.

✹✹✹✹✹✹

كانت كمية الطعام الموجودة أمامه بالفعل كبيرة جدًا، أحسن البقال الاختيار، والذي كان أغلبه معلبات وخبز، واحد في مثل هيئته، وطريقة طلبه للطعام لا بد وأنه لا يملك ثلاجة في بيته.

كان مُقدمًا على إحساس لم يجربه من قبل، لم يُطل تأمله للطعام، وانطلق يأكل بنهم شديد، أخذ يأكل ويأكل، لا يلتفت لامتلاء معدته.

أجهز على جانب كبير من الطعام في وقت واحد، ولم يكن قد التهم ربعه حتى، فمجمل ما اشتراه كان كثيرًا.

بعد أن أنهى معركته مع الطعام شعر بتخمة حديثة العهد به، تحسس بطنه في تلذذ، وأسند ظهره إلى الجدار.

لم تلبث شفتاه أن انفرجتا عن ابتسامة رضا وشبع بعد أن ارتوت دماؤه بالطعام، إحساسٌ يمارسه للمرة الأولى فى حياته كلها، كان جميلًا، فأسلم نفسه للنوم، وهو موقن أن معدته لن توقظه قبل امتلاء جسده بخدر الراحةِ اللذيذ.

✹✹✹✹✹✹

ألهاه جوعُه، وعمله في الكنيسة لفترة ليست بالقليلة، عندما انتبه للحياة مرة أخرى تذكر العم (إبراهيم) الذي سقط منه في زحمة أيامه

- يا ربي. عم (إبراهيم). إزاى نسيته؟ ده مافيش حد بيطل عليه ولا بياخد باله من أكله، سامحني يا (يسوع)، يا نهار إسود ده بالتأكيد مات.

قطع الدرجات الفاصلة بينه وبين باب (إبراهيم) في قفزة واحدةٍ، فتح البابَ متلهفاً.

- عم (إبراهيم). عم (إبراهيم).

كاد قلبُه يتجمد، ثُمَّ يَنْفَرِي، قبل أن يأتيه الصوت الذي يحب سماعه دائمًا.

- أخيراً افتكرتني يا ناقص! جاى ليه؟ عشان تأكلني. طفحت خلاص ومش محتاجك.

لم يصدق أذنيه، حتى أنه ارتمى فوقه يقبله، ويقبل يديه، ودموعه تسبقه.

- سامحني يا عم (إبراهيم) والإنجيل ما هتحصل تاني .

- أنت مالك يا (ميلاد) يا بني؟!

حاول السيطرة على نهنهاته

- إفتكرتك مُتْ.

- طب قوم يا إبن الكلب يا وسخ من فوقي، إنت بتفقّل عليّ؟

- ياااااه. وحشِتني طولة لسانك يا راجل يا عجوز.

- أنا لساني طويل يا معفن؟ ورحمة أمك مانت قاعد.

- خلاص خلاص يا عمنا، اعتبرني عيّل وغلط.

- عيّل؟!

- أنت اتجوزت وللا لسه يا واد يا (ميلاد)؟

- وشرف أمي الله يقدس روحها ماتجوزت، والعدرا ما اتجوزت، عشان أنا عندي تسعتاشر سنة لسه، وممعاييش حق الجواز.

- تسعتاشر سنة ؟! طب ده أنا، وأنا في سنك كنت متجوز وعندي عيّلين.

ابتسم (ميلاد) من قلبه، وتركه تلك المرة يحدثه عن شبابه وحمارته، و(الجيلي) الذي عوَّدَته أمه عليه، وكلما استمر في

حكيه زادت ابتسامة (ميلاد)، حتى أن (إبراهيم) باغته طائعًا بالوسادة في وجهه، وهو يصرخ:

- أنت بتضحك على إيه يا بن الكلب؟ أنت فاكرني عيل صغير بتضحك على كلامه؟ يلا قوم فِزْ وغور، جاتك غورة.

فزع (ميلاد) من جلسته، منحه ابتسامة حانية تُغني عن الكلام، واختفى من أمامه، كان في تلك المرة فرحًا كما لم يحدث من قبل.

❈❈❈❈❈❈

كان حلمُ (ميلاد) عجيبًا، شرد القس (مكاري) بعيدًا وهو يسمعه، يعلم أنه يتوجب عليه منح (ميلاد) تفسيرًا مقبولًا لكل ما قال. تأمل (ميلاد) شرودَ أبيه، إلى أن لَحِظَه (مكارى)، فقال متنحنحًا:

- الخير أحيانًا يشبه الشر يا بني. زى التوأم الملتصق تمام، إما إنك تقبلهم مع بعض وتعيش بيهم، أو إنك تضحى بواحد منهم عشان التاني يعيش فيك.

بدا تفسيره منطقيًا إلى حدٍ بعيد، أما رأس (ميلاد) فكانت تعمل بكيفية أخرى.

تابع (مكاري):

- أي محاوله للفصل ما بينهم، لازم يبقى لها ضحية، عارف ليه يا (ميلاد)؟

لم يُجب (ميلاد)، فتابع (مكاري):

- رغم إنهم ممكن يعيشوا في قلب واحد، إلا إنهم ميعيشوش بقلب واحد. لازم حد يعيش، وحد يموت. لو مات الشر بقيت ملاك، ولو مات الخير بقيت شيطان، ولو عاش الاتنين بقيت انسان.

سأله ميلاد متعجبًا

- يابونا دول كانوا جعانين، حتى إنهم كانوا بيصرخوا، أنا سامع صوت صراخهم دلوقت.

- الجوع مخلوق مع الانسان يا (ميلاد)، وطالما إنه مخلوق لازم هيعيش. إلا إذا ....

- إلا إذا إيه يابونا ؟

- روحك شبعت.

- إملأ روحك بالإيمان، وافصل التوأم اللي بيعيش جوا كل انسان. بس حاسب وأنت بتختار مين هيعيش فيهم، لإنهم .... لإنهم شبه بعض.

كان جوعه يؤلمه، ويملك عليه كل جوارحه. نهض من أمام القس وعيناه لا تحملان سوى صورة الطفلين، لا بد أن يحيا أحدهما.

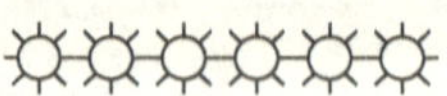

كانت اللقيمات القليلة، التي أطعمه (يسوع) إياها في يوم الحمَّى كفيلة أن تطفىء نار جوعه للأبد، والعجيب أنه حين أفاق من مرضه في اليوم التالي لم يجد أثرًا فعليًا للجوع، وكأنَّه امتلك شبعه، أو روَّض جوعه.

قام من سريره وصورة (يسوع) الممدودة بالطعام مطبوعة في ذهنِه، لم يصدق أن ما جرى كان حلمًا، إنه يشعر بالشبع التام، شبع يفوق تخمة الطعام. تجرَّع بعضَ الماء، وتحسس معدته في دهشة.

- ‏المجد لك في الأعالي يا (يسوع).

قالها و كله رغبة في أن يرسم.

خرج من ضيق حجرته إلى الدنيا الواسعة لا يقصد سوى الكنيسة، ليكمل الصورةَ التي بدأها؛ والتي تنتظرها الكنيسة لتستقبل بها ميلاد (يسوع) المجيد.

۞-۞-۞-۞-۞-۞-۞

بعد أن انتهت الصلاة بدأت الجموع المغادرةَ، حتى خلا المكان إلا من (ميلاد)، انفض الكل مِن حولِه فبان للقس (مكارى).

ناداه:

- ‏(ميلاد). تعالى يا بني.

تقدم (ميلاد) نحوه بخطى متثاقلةٍ ينهشها الجوع.

‐ مالك يا بني؟ بقى لك يومين ما بتجيش تكمل الرسم، الوقت قرَّب، باقي أسبوعين على عيد الميلاد المجيد.

عينا (ميلاد) لم تكونا تنتميان للأرض في تلك اللحظة، والجوع قد بدَّلَ ملامحَهُ تماماً.

‐ إيه يا بني؟ إنت مالك كده؟ حاسس إنك تعبان.

نطق (ميلاد) بهدوءٍ شديدٍ ومريب.

‐ أبونا. ممكن أطلب من قدسك طلب؟

‐ اطلب يا بني. انت عارف معزّتك عندي.

‐ أنا عاوز أعترف.

تعجب القس بشدة.

‐ تعترف؟! دلوقتي؟!

‐ دلوقتي يابونا.

‐ تعترف بإيه يا بني؟

‐ عندك استعداد تقبل اعترافي؟

‐ (يسوع) هو اللي بيقبل يا بني، وبابه مفتوح في كل وقت.

‐ أبونا. أنا بعترف لك إني جعان، جعان جدًا.

كان أغربُ اعترافٍ قابله القس (مكارى) في حياته، حتى أنه لم يفهمه رغم مباشرته، وبدت الدهشة على ملامحه واضحةً جليّةً.

- جعان و(يسوع) ما رزقنيش عشان أخمد جوعي يابونا.

- يا بني (يسوع) ملكوته مافيهوش جوع، لو كنت جعان بجد تعالى كل معايا.

- مش عاوز أكل، أنا حبيت أعترف لك بس يابونا. كلم (يسوع) يمكن يسمعك لإنه معدش بيسمعني.

ترك القسَ ورأسه فريسة للدهشة والسؤال، كيف يمكن لمثل (ميلاد) أن يُفلت لفظةً مثل تلك؟! ربما لم يفهمه القس، لكن (ميلاد) كان يعلم أن (يسوع) سيفهم كل كلمة قالها في بيته الأرضي.

✲✲✲✲✲✲✲

كانت آخرَ لقمة لديه، شهوةُ الشبع التي تلبّسته مؤخرًا أنسته أن يقتصد في طعامه، أسبوع واحد كأن قد أجهز على كل ما لديه من قوت، وأخيرًا انتبه لفعلتِه، كما الجميع لا ينتبهون إلا في النهايات.

لم يزل الوقت طويلًا، ولن يقدر جسده على تحمُّل كل هذه المدة من دون أكل.

لعن نفسَه؛ لأنه منحها إحساس الشبع، فالجوع يستفحل فقط بعد أن نجرب امتلاء البطن.

لأول مرة يفكر في جوعه قبل بدايته، بحث عن حلٍ يجنبه ذلك الإحساس، والذي بات مخيفًا أكثر مما ينبغي.

تقافزت إلى ذهنه فكرةٌ، بدت مستحيلة من قبل، جعلها الجوع المتوقع أقرب الحلول. أمسك السلسلةَ في كفه، وتأمل لوحته الغالية.

كان يعلم أنهما الشيئان الوحيدان في حياته اللذان يساويان المال، هما أغلى أشيائه على الإطلاق، وآخرهما، تأمّل وجوه القديسين الساكنة من حولِه.

- ليه مفيش ولا واحد فيكوا يساوي فلوس؟

لم تجبه أي من لوحاته، ودّ لو أنه رسمَ ل (سامبو) ما أراد وخلص من أزمته، لكنه يعلم أن بطنَه لن تتحمله ليومين أو ثلاثة على أفضل تقدير، بالإضافة إلى أنه لا يريد التقصير في واجبه تجاه بيت الرب. عاود النظر إلى السلسلة في يده، هي الشيء الوحيد الذي يعرف أنه يحمل جزءً حقيقيًا من أمه، ورغم علمه أن الصورة ليست لها، لكنه يفضّل الموت على التفريط فيها.

- أعمل إيه يا (يسوع)؟ ساعدني أعيش لحد ما أخلص بيتك.

انغلقت كل الأبواب في وجهه، فلا مفر من الجوع إلا إذا..... أطبق كفه على السلسلة، وقال بأسى شديد

: شكلها مافيش فايده، سامحني يا (يسوع).

لم يعد جوعه يؤرقه كما كان، يد (يسوع) عندما تُطعم فلا جوع أبدًا.

خرج من بيته قاصدًا الكنيسة، في تلك المرة قابل دنياه بقلبٍ وليد، كان قد طهّر نفسه من أي كراهيةٍ، أو حقد على ما حوله.

لم يعد يحمِّل أيَ شيء اثم تفريطه في صورة أمه، و لم يبقَ من جوعه ما يمكن أن يحمِّله لغيرِه.

فـ(يسوع) يتذكره كل ليلة، بات يراه في كل حلم، ومع كل نوم، يطعمه ويخفف جوعَه، أحس أن الجوعَ كان جوعُ روحه، رغم أنه احتسب نفسه من الصادقين، لكن الأيام تكشف ما لا نعرفه عن أنفسنا، يبقى فقط أن ندعَها تمُر.

عندما دخل الكنيسة كانت شفتاه تبسمان، وحين تأمل رسمته التي صارت أقرب للوضوح في نظره ابتهجت روحه، انغمس في رسمهِ مرةً أخرى لا يشوش فكره شيئًا.

ناداه القس (مكاري):

- ‏(ميلاد) انزل، عاوزك يا بني.

نزل إليه فرحًا على غير المرات السابقة، ولحظَ (مكاري) تغيُّر نفسه.

- أمرك يابونا.

- الأمر للرب وحده يا (ميلاد). إنت عامل إيه يا بني؟ لسه جعان؟

- لا لا يابونا، المجد للرب. راح الجوع وحل مكانه شبع يكفي الكون ويفيض.

- يا بنى أنا خايف عليك، أنت متغير قوي، ولونك باهت.

- عمري ما كنت أحسن من الأيام دي صدقني، أنا أخيرًا عرفت إن (يسوع) بيحبني.

- يا بنى (يسوع) هو اللى علم الناس المحبة، هو اللى ضحى بنفسه فوق الصليب عشان يغفر خطايانا، وأكبر الخطايا الكُره. الله محبه.

- يابونا حُب (يسوع) غمرني، وبركته فاضت عليَّ، وأنا سعيد، سعيد جدًا برضاه.

أخرج القس (مكاري) من جيبه لفافةً صغيرة، مدّ يده بها إلى (ميلاد)

- خد يا بني كل، إنت جسمك بقى نحيل قوي.

ابتسم في وجهه قائلًا:

- يابونا إنت مش مصدقني؟ مابقيتش أجوع، ولا بقيت آكل، (يسوع) طبب جروحي، وأنعم عليَّ بشبع دائم.

- يا بني زي ما الروح بتجوع الجسم بيجوع، وزي ما بنصلي غذا للروح لازم ناكل عشان نقدر نعيش في طاعة الرب.

- وأنا بعيش في طاعته، وحبه، ونعمته. فيه. ناس جعانه كتير ممكن الأكل ده ينفعهم.

- بص لروحك شويه يا (ميلاد) إنت الجوع هيقتلك، كده انت بتنتحر.

- الجوع معدش يقدر يجيني طول ما (يسوع) بيطعمني، مافيش جوع في ملكوت الرب زي ما قلت لي، وأنا مصدق.

شعرَ (مكاري) أنه لا خلاصَ في الجدال مع (ميلاد)، لم يملك إلا أن يباركه، وهو يتركه لِيُكمل رسمَه، وضعَ الطعام إلى جوارِ الألوان.

- ربنا يعوض تعبك يا (ميلاد)، راعي نفسك يابنى شوية لإن ربنا عاوزك تعيش، ودي أعظم نعمة وهبها لنا (يسوع).

الحياة يا بني.

- بإذن الرب يابونا، هعيش لحد ما تِكْمَل الرسمة.

غادر (مكاري) وقلبُه يتوجع على حال الشاب الطيب.

ناداه (ميلاد) قبلَ أن يرحل.

- أبونا الطيب.

التفت (مكاري) إليه:

دوَّر على الجعانين، واديهم الأكل.

عاود (ميلاد) العملَ غير عابىءٍ بأيٍ من متاعب الدنيا، التي باعها صادقًا لأجل (يسوع)، وبدا أنه قد تحرر من الجسد.

☼☼☼☼☼☼☼

تناسى كلَ آلامه وجوعه، أخذ يقطع المسافةَ من بيته حتى معرض (سامبو) كالريح، كانت المسافةُ بعيدة جدًا، ولم يشعر بالإرهاق إلا عندما وصل إليه.

حاول جاهدًا أن يلملم بقايا قوَّته، والتي أكلها الضعفُ والجوع، فتح البابَ فوجد (سامبو) يجمع لوحاته، ويستعد لغلق متجره.

أطلق أنفاسه المتهدجة في المكان.

التفت (سامبو) ناحيته فرأى حالته الرثة، وجهه الغارق في العرق، وكأنّه خارجٌ لتوه من النهر.

- خير يا (ميلاد)؟ إيه حصل يا فنان كفى الله الشر؟

خرج صوتُه مختنقاً:

- الصورة فين يا (سامبو)؟

سحب الكرسي أمام مكتبه، وأشار إليه بالجلوس

- أقعد بس يا فنان. صورة إيه؟

- الصورة اللى بعتها لك من شهرين.

- مالها الصورة يا (ميلاد)؟ ده أنا كنت فاكرك...............

قاطعه بصرامة لم يعهدها (سامبو) عليه مطلقًا

- الصورة فين يا (سامبو)؟

أجبرته لهجة (ميلاد) أن يكسو لهجته بجديَّة لا تخلو من الدهشةِ

- اتباعت يا فنان.

من الصعب على أحدٍ وقتها أن يميز خيطا الدمع النازفين من عينيّ (ميلاد)، فقد كان العرق طافيًا فوق الملامح، والدموع تسري بنفس النهر، لكن (سامبو) وعلى جهله وإدعائه لاحظهما، فسأله متعجبًا:

- بتسأل ليه يا فنان؟ حاجة اشتريتها من شهرين والسوق محتاج، أكيد اتباعت وصرفت تمنها كمان.

التفت إليه (ميلاد) متوسلًا:

- بعتها لمين؟ وروح الغالي عندك تقول لي بعتها لمين؟

تحرّج (سامبو):

- والله ما أعرف يا أستاذ (ميلاد). ناس بتشتري، وبتروح، أكيد عمري ما هسألهم اسمكوا إيه؟

زاد في توسلاته حدَّ البكاء.

- أرجوك. عشان خاطر ربنا حاول تفتكر، طب اللي اشتراها منين؟ طب فيه أي حد يعرف طريقه؟ بص. هاتها تانى، و أنا هرسم لك عشرة بدالها، والمسيح الحي هخلص لك كل يوم لوحة أحلى منها صدقني، بص. هرسمها النهارده، وأرجّعها لك تاني، بس أبوس رجلك حاول تفتكر أي حاجة عن اللي اشتراها.

قال (سامبو) مواسياً، وقد ظهرَ على ملامحه كامل الصدق:

- والله العظيم ما أعرف حاجة عن اللي اشتراها، اللي اشتراها اشتراها وراح.

فقد (ميلاد) أيَ أملٍ في أن يسترجعها، فطاوع بكاءَه إلى أقصى حد.

انخرط في بكاء حار، وعلا نحيبه، حتى أن (سامبو) أحس بشيءٍ من الأسف لحالِه، ربت على كتفه بطيبة لا تليق بمثله.

- استهدى بالله يا راجل، وربنا لو أعرف إنها غالية عليك كده ما كنت بعتها.

نهض (ميلاد) هاربًا بآلامه من أمامِ (سامبو).

قبل أن يتجاوز عتبة المتجر سأله (سامبو):

- إنت هتموّت نفسك عشان اللوحة دي ليه يا فنان؟

أجابه ببساطة لا تتفق، وتعقيد الموقف.

- لأنها كانت صورة أمي يا (سامبو).

☼☼☼☼☼☼☼

أحيانًا نرسم أحلامَنا في وجوهٍ غير وجوهِنا، ربما لأنها أثقلُ من أن نحملها، وقد حمَّل تلك الصورةَ حلم أن يرى وجه أمه الغائب.

صحيح إنه لم يخطئ في ممارسته الحلم، لكنه أخطأ حين صدّق رسمتَه.

كان عِظَم ما فعله هو ما أخرس ضميره تلك المرة، تناول طعامَه من دون أية لذة، انصاع فقط لأمر معدته التي سكنت، وهدأ أنينها.

كان يعلم أنه يتبقى أكثر من شهر على استكمال ما بدأه في بيت الرب، لكنه أكَل، ولم يأبه لما قد يحمله الغدُ من جوع.

ملأ بطنه عن آخرها، و رغم أنها قد أعلنت رضاها التام إلا أنه لم يتوقف. ظلَّ يحشر الطعام في فمه، كأنه يعاقب معدته على كل لحظة آلمته فيها، أو أنه يعاقب نفسه على تفريطه في أعز ما كان يعتقد فيه.

- مش عاوزه تشبعي؟ اشبعي.

قالها في نفسِه، وبطنه تنتفخ، ودَّ لو انفجرت، لتنتهيَ الحكايةُ، ويخلص من همِّه، لكن معدته كانت أكثَر عنادًا، فبصقت كل ما فيها مرةً ثانية.

تقيّاً بعنف ظنَّ معه أن روحه ستفارق جسده مع الطعام، فارت الدماء في وجهه، دمعت عيناه، وعاندته أنفاسُه، وتذكر منظر (إبراهيم) لحظة موته.

مرَّت دقائقُ ثقيلةٌ حتى استعاد هدوءَه، و رضيَت بطنُه عنه مرةً أخرى.

بعد أن انتظمت أنفاسُه، و امتلك روحه من جديد، نظر إلى سقف الحجرة، بدا وكأنه يخترقها إلى ما يعلوها.

- الشَبَع بيقتل زي الجوع تمام، بس موتة الشَبَع أرحم بكتير، الله يقدِّس روحك يا عم (إبراهيم).

✺✺✺✺✺✺✺

قاتَل ذاكرته ليستعيد ملامحَها، لكنها عادت إلى قبرها من دون أن تترك أيَ ملامح.

شعر بأن أمَه قد ماتت في تلك اللحظة تحديدًا، لحظة عجزت فرشاته على إحيائها مرةً أخرى.

ألقى بفرشاته على الأرض ثائرًا، و ركل اللوحة الفارغة أمامه بقدمه معلنًا فشل محاولاته اليائسة، وأغلق صفحةً أنهكت أيامَه طويلًا.

للمرة الأولى يشعر أن (يسوع) قد حرمه بالفعل، وربما قسا عليه، حمل قلبه جملًا شديدة القسوة، ولم يجرؤ أن يطلقها في وجه السماء. كان لا يزال يملك بقيةً من الخوف، بعضًا من القدسية، وكثيرًا من الرجاء وقلة الحيلة.

- ماتت؟ ما هي ماتت. يعني كانت هتعود بصورتها؟

كان يعلم أنه يكذب، واضطر أن يصدق كذبتَه، إنها لن تعود في صورتها، رغم احتياجِه الشديد لتلك الصورة.

ضاقت الجدران عليه، بات يشعر بعالمِه يتشكل من جديد، إنه مجبرٌ على نسيانها و الحياة دون إرادة. لم يدر سببَ إحساسه بأن وزن الهواء قد زاد، وبدأ يحس بثقله فوق جلدِه.

تذكرَ كلَ من ماتوا رغم احتياجه لهم في حياته. أمه، جدته، (عم إبراهيم). كلهم ماتوا بغيرِ إرادته، وفي غير حضوره، ماتت أمه قبل مجيئه، وجدته وقت كان يرسم، وعم (إبراهيم) وهو في الكنيسة، تمنى لو أنّه كان بجوارهم. لربما استطاع أن يلفت انتباه الموتِ عنهم ...... أو يلفت انتباهَهم أنفسهم عن الموت.

جميعنا نمتلك أكثر من روح، لكننا لا ندركُ منها إلا تلك التي تراها الأعين، الروح الأخيرة.

و (ميلاد) لم يرَ من روح أمِه إلا تلك الصورة، التي صورَها له خيالُه. أراد وجودها بشدةٍ، وكعادته لم يستطع الحصول على ما أراد.

"الدنيا مبتديش محتاج"

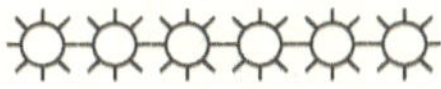

نظر إلى اللقمةِ الأخيرةِ في يده، يدعو (يسوع) أن تكفيه لأيام، كان يعلم أن طلبَه مستحيلٌ، حين قربها من فمه تذكَّرَها.

- يا ربنا! إزاي نسيت؟ أنا عارف إني حيوان مستاهلش رحمتك.

انطلق عدوًا من دون وعي إلى الكنيسة، كان يطير بقدميه والمسافة تُطوى، وكانت رغبته في الوصول أسرع منه، فبدا وكأنه يلاحقها.

حين وصل إلى الكنيسة لم يدخل بابَها، بل توقف أمامه، تلفَّتَ حوله كثيراً فلم يجدها.

تلك العجوز التي ظلَّ عمره يلمحها عند بابِ الكنيسة.

وضع يده على صدره، ليكبح جماحَ أنفاسِه التي لم تتوقف، ولم تكن موجودة. لأول مرة يرى باب الكنيسة من دونها، فصارت غريبة عن عينيه.

خرَّ على ركبتيه تعبًا، ترك دموعه تبلل التراب، ثُمَّ نظر إلى السماء.

- أستحق إنك ما تفتكرنيش يا (يسوع)، أستحق لعنتك الأبدية لكن... لكن جوعي هو اللي هو نسّاني.

جرجر جسدَه المتهالك عائدًا من حيث جاء، ودموعه لا تجف. كانت كلماتها هي كل ما يتردد في أذنيه

- و النبي إوعى تنساني

سمع صوت نباح يأتي من الظلام، التفت فظهر أمام عينيه كلبٌ جائعٌ، ألقى بلقمة العيش إليه، وأستمر عائدًا.

✧✧✧✧✧✧

كان جوعُه يشوش رسمتَه، لكنه رآها واضحة. أيامًا عدة قضاها في الرسم، أغلبها من دون طعام، أصرَ على إنهاء الرسمة في الموعد المتفق عليه، كان يرسم بعضَها، وترسم هي بعضًا آخر، أحس كما لو أن (يسوع) يعاونه، واستغرب كثيراً أن أسلمه لجوعِه رغم المساعدة.

تبدَّل معاونوه بعدد الأيام التي رسم فيها، ولم يتذكر اسمًا واحدًا، ولا شكلًا، لَمْ يَبْدُ على أيٍ منهم سماتُ الجوع. أخذت ملامحُ (يسوع) تنجلي شيئًا فشيئًا، وحواريوه فرحون من حوله، شبعون.

كانت الملامح تكتمل، كي يستعد للرحيل.

القس (مكارى) هو الوجه الوحيد الذي يتكرر معه في الأيام كلها.

لطالما أرسل إليه من مكانه على الأرض نظراتٍ مليئةً بالرضا،........ وأشياءَ أُخَرْ.

✧✧✧✧✧✧

تأمّله تاجر المشغولات الذهبية متعجبًا ومتوجسًا عندما وضع السلسلةَ أمامه.

- عاوز أبيع السلسلة دي.

تفحَّصه التاجر بريبة.

- بتاعتك؟

- قصدك إيه؟

قلّبها بين كفيه دونما اهتمامٍ واضح كأي تاجر وقع على صيد يدرك قيمته.

- جبتها منين السلسلة دي؟

لَمْ يجرؤ على البوح بأنها كانت لأمه، ربما خجلًا، أو حتى لا تمنعه نفسُه من بيعها.

- السلسله بتاعتي. عاوزها اشتريها، مش عاوزها بلاش.

- إيه يا عم؟ إنت حامي ليه كده؟

- معاك فاتورة؟

- يعني بالعقل والمنطق بتوع ربنا. أكيد بتتفهم في الدهب. إيه مش باين عليها إن عمرها أربعين سنه على الأقل؟ هجيب لها فاتورة منين يعني؟

كان مظهر (ميلاد) يجبر من أمامه على استغلالِه.

- خلاص. ميت جنيه كويس؟

كاد (ميلاد) يخرج عن شعوره، لكنه تمالك أعصابه في النهاية. قبضَ على سلسلته وهمَّ بالخروج، فتابع البائع.

- إيه يا أخينا؟ الكلام أخد وعطا. زي ما انت قلت الدهب قديم، وطبعاً مفيش فاتورة.

- يا راجل ده أنا لو سارقها. كنت هتدفع فيها أكتر من كده.

- أعوذ بالله. سرقة إيه يا راجل؟

تلقفها من يده و دقق النظر فيها

- ميتين وخمسين جنيه .... إيه؟ على البركة؟

لم يُجبه (ميلاد) رغم علمه بأنها تساوي أربعة أضعاف الثمن المعروض على الأقل، بل انتظره حتى أخرج الصائغ من جيبه النقود، أخذها وغادر من دون كلمةٍ واحدة.

انساب في الشارع غير واعٍ، كاد يلعن الظروفَ التي أجبرته على بيع أمَه بذلك الثمن البخس، لكنه أقنع نفسَه الجائعةَ أنها لن تحزن لبيعها.

☼◇☼◇☼◇☼◇☼

كان يجُر قدميه إلى البيت، ذلك البيت الذي لم يعد يذكِّره إلا بآلامه. البيت الذي شهد جوعَه، حرمانه، وتفريطه في كل ما هو عزيز لديه.

رغم أنه لم يملك أيَّ خيار آخر، إلا إنه آمن بتفريطِه. ربما فرّط حين لُهيَ بجدته العاجزة، وترك الأيام تجري من دون أن ينغمس في دنياه، وحين واجهها من بعد وجدَها كما لم يعرفها، أو كما لم يرها.

وبالتأكيد فرط حين أجل رسمة أمه لما بعد رحيل جدته، أراد وجودها في تلك اللحظة أكثر من الطعام.

لم يعمل كغيره من أبناء الفقراء، رضى بحالة اللا شبع واللا جوع التي عاشها في كنف جدته، ربما هربًا مما قد يكون خارج الحجرة الضيقة، لم يتعلم إلا الرسم، لأنه الشيء الوحيد الذي يمكنه ممارسته في أحضان العجوز العاجزة، وأيضًا الحبيبة.

داست أقدامُه ترابَ الحارةِ القديم، فلم يلتفت الوجودُ له، أحس أنه عاش مخفيًا عمن حوله، استتر بالعدم طيلة حياته. كان إحساسٌ بالصراخ يتلبسه، يريد أن يعلن لكل من حوله أنه على قيد الحياة، أنه موجود بينهم.

اقترب من مدخل البيت، مات الصريخ المحتبس في صدره عندما لمح أم (مينا) جالسةً أمام عتبة البيت .

مرَّ من تلك المسافة التي تركتها السيدةُ السمينة دون أن ينطق، كان كل ما أراده أن يظل مخفيًا، أن يستفيد مرة لربما أشعرته بأن كل الخذلان ليس نصيبه وحده.

    —   يا عم السلام لله.

علم بالطبع أن كلماتَها المتحجرة موجهةٌ له، لكنه آثر الصمت وصعد درجاته بهدوء.

: ده إيه ده؟ انت اتخرست وللا إيه؟ جاتكوا القرف جيران هم.

لم يعرف لم تسمرت قدماه لحظتها؟ في أي لحظة غيرها كانت كلماتها ستبدو طبيعية، لكنها وفي تلك المرة بالذات استقبلها (ميلاد) بعدائية عجيبة.

- بتقولي إيه يا ست يا أنت؟

- بقول السلام لله يا خويا. (متحدية)

- يعني واخده بالك مني كويس؟ شايفاني واقف قدامك؟

- يا لهوي . أنت اتجننت يا واد؟ مانت متنيل واقف أهوه.

نزل الدرجات مسرعًا، وقف أمامها.

- يعنى أنا موجود في الدنيا؟ طب فيه إيه؟

لم تفهم أم (مينا) سؤاله فصمتت متخوفةً لأول مرةٍ، الكل اعتاد على تجاوزها فكان خوفها جديدًا، وبالتأكيد مرتبط بجنون (ميلاد).

- فيه إيه؟ ساكته ليه؟ ما تنطقي. ولا انتي مش فاضيه غير لأذية الناس؟ مادمتي شايفاني ومتنيل قدامك، طب ليه عمرك ما افتكرتيني؟ انتِ أو أي حد من الكلاب اللي حواليَّ؟ مش ملاحظه إني بموت من الجوع؟ محدش سأل نفسه (ميلاد) ده عايش إزاى بعد جدته؟ افتكرتِ الراجل اللي شبع من الحياة، أما شاب بيموت بالبطيء. ما يموت ولا يتحرق. عمر ما حد فكَّر يسأل على الحيوان اللي مرمي فوق السطوح، والمفروض انكوا كلكوا مراعيين موتةً جدتي. الله يقدِّس روحها كانت ست

طيبة، لو احتجت أي حاجة اطلب يا بني، وكلكوا عارفين إنكوا كدابين ولاد ستين كلب، إنتوا مجانين؟

لم تتخيل أم (مينا) أن تخرج تلك الكلمات من شابٍ طيب مثل (ميلاد) .

- يا بني ....

- أنا مش ابن حد. أنا ابن الجوع والوحدة.

- أنا منسي، والكل ملهي في نفسه. محدش فاكرني ولا حتى (يسوع).

انخرط في بكاء شديد.

- ولا حتى (يسوع). نسيني زى ما نسيني كل الناس. نسي إني جعان، نسي إني وحيد . حتى أمي اللي مشفتهاش حرمني منها، حرمني أعرفها أو أتخيلها، حرمني تزورني في منامي رغم إني محتاجها، مطلبتش منه غير أعرف ملامحها وبس، يمكن يبقى عندي سبب للحياة.

ربتت أم (مينا) على كتفه مواسية

- ياااااااااه يا (ميلاد)، ده انت محروق من العيشة قوي يابني. و(المسيح) الحي كلنا شايفينك، لكن محدش متخيل إنك تعبان كده، انت عمرك ما كلمت حد، ولا فتحت بابك لحد، حتى في طلتنا على ستك، كنت بتدينا ضهرك وتفضل ترسم. انت عايش بعيد عنّا يابني، افتكرناه برضاك.

- كنت فاكر إني ممكن أكتفي ب (يسوع) عن كل الدنيا، لكنه حرمني من كل حاجة. انتي عارفه يا أم (مينا)؟ أنا الوحيد اللي اتحرم من إنه يعرف شكل أمه، اتحرم حتى من صورتها.

قالت متعجبة:

- يا بني ما صورة أمك عندك في الأوضه.

برقت عيناه:

- انتِ قصدك إيه؟

- الصورة اللي قفَلَت الباب في وشي لما بصيت عليها وشتمتك. الخالق الناطق صورة أمك (مارجريت) ربنا يقدس روحها.

لم يصدق كلماتها فنهض ممسكًا إيّاها بقسوة:

- انتِ بتقولي إيه؟

قالت مرتعبة:

- يا بني والإنجيل ما بكدب عليك. الصورة اللي فوق هي صورة أمك، هو انا أتوه عنها ؟ دي كانت حبيبتي الصغيرة.

أحس أن السماء انطبقت فوقه، هزها بعنف صارخًا:

- وماقلتيش ليه؟ ماقلتيش ليه إنها أمي؟

أفلتت من بين يديه بصعوبة بالغة، وخوف عظيم.

- ما انت رديت الباب في وشي ساعتها.

أمسك رأسَه بكفيه يحاول أن يفلت بها من الانفجار.

- يعني كانت صورتها؟ أمال عم (إبراهيم) ما قليش ليه؟ صورتها ؟! أنا بِعت صورة أمي؟!

انطلق مهرولاً، تاركاً أم (مينا) لذهولها، وتهافت أنفاسها.

صفقت كفًا بكفٍ و قالت:

- والعدرا الواد ده موت ستُّه جاب له هبل.

✹✹✹✹✹✹✹

عندما رآها فى تلك المرة لم يتجنب النظر إليها كعادته، كانت مرتكنةً على سور الكنيسة، كأنها من لحمه، وجد نفسه يرتكن بظهره إلى السور بجوارها تمامًا، العجيب أنها لم تستغرب جلسته، رغم الصمت الواصل بينهما التفتت إليه، ومنحته نظرةً حانيةً يفتقدها منذ زمن، كانت تلك النظرة كفيلة أن تشجعه على فتح باب فمِه الجائع.

- عامله إيه يا أمي؟

- الحمد لله يا بني. (تنهدت تنهيدة لا تحتاج من بعدها لأيِ كلامٍ، لكنها تابعت)....... رضا.

كانت تلك الكلمة كافية ليحتسبها (يسوع) في ملكوته، تعجب كيف يمكن لتلك المرأة أن تنطق كلمة كهذه؟ أي رضى هو؟

- انتِ على طول قاعده هنا يا أمي ليه؟

- بتشمس يا بني ....

تعجب قائلًا

- تتشمسي؟!

- هقول لك إيه يعني؟ إنت بتتريق علىّ؟

- والمسيح أبدًا. ده أنا ....

قاطعته قائلةً :

- معنديش حته تلمني يا بني . ومادام ربنا خلقني على أرضه، يبقى أي حته منها بيتي. وأنا بحب سور الكنيسة دي بالذات، حواليها نضيف، عشان قريبة من المحافظة.

- أنتِ مش مسيحية يا أمي؟!

- إنت يا بني عاوزني أمشي؟

- لا يا أمي خالص، بس أنا حسيت بجوعك فقلت آجي أقعد جنبك.

- جعان زيي يا بني؟

- جعان زيك يا أمي.

- متخافش ربنا ما بينساش خلقه، مسيره يفرجها. محدش بيموت من الجوع.

- عارف يا أمي إن (يسوع) مبينساش حد من خلقه، لكن جوعي طوِّل وخايف لأن شكل الجوع هيموتني.

- بعد الشر عليك يا بني، والله العظيم لو حيلتي أي أكل كنت اديتهولك، لكن أعمل إيه؟ عمري ما خدت إلا اللي يكفيني، العين بصيره والإيد قصيرة.

- تسلم لي إيديكي يا غالية، بس ادعي لي يمكن (يسوع) يقبلها منِك.

- روح يابني ربنا يطعمك. بس لما ربنا يطعمك والنبي إوعى تنساني.

- حاضر يا أمي. عمري ما هنساكي أبدًا.

لم يعلم لماذا بدأ ذلك الحوار؟ و لمَ أرسل (يسوع) تلك المرأة في طريقه، لكنه حين نظر في السماء كانت الغيوم قد انقشعت، وطلعت الشمس من جديد.

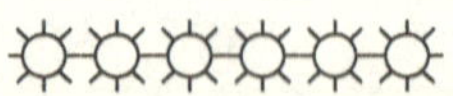

كانت الصورة قد اكتملت وانجلت ملامحها كاملةً، تزيَّنت الكنيسة بسقفها الجديد، وعادت إلى رونقها العتيق.

(يسوع) يطل من فوق القاعة بابتسامته الحانية، ونظرته مملوءة بالحب للكون كله، ومن حوله حواريون يفيضون سعادة. ظهرت هذه الملامح في تلك الرسمة أكثر من كل مثيلاتها.

بدا الطعام برغم بساطته شهيًا للناظرين، ويد (يسوع) الممدودة بالحب والرحمة مفتوحةٌ عن آخرها، لقد أجاد بالفعل.

تأمَّل (ميلاد) نتاج عمله طيلة ثلاثة أشهر أو يزيد . تسلل إلى نفسه شعورًا بالارتياح، كان راضيًا عن النتيجة تمام الرضا. لم يبقَ سوى أن يضع توقيعَه الرقيقَ في المكان الذي يختاره.

أعياد الميلاد تدقُ أبوابَ الدنيا، وليس أروع من أن تلقاها في بيت الرب وسط رعيته، يظللكم (يسوع) ويُطل عليكم من سمائه العالية.

- ياااااااه. مكنتش أعرف إن الصورة هتطلع بالجمال ده.

نظر في عيني يسوع مباشرةً.

- يا ترى راضي عني وللا لأ؟ يا ترى أستحق نعمتك؟

سمع صوت القس (مكاري) يأتي من أسفل.

- إيه الروعه دي يا (ميلاد)؟ كنت عارف إنك أحسن واحد ممكن .... بس ....

استطرد:

- انت مش شايف إن فيه حاجة منسية في الرسمة؟

تأملها (ميلاد) جيدًا، ودقق النظر فيها:

- منسيَّة؟! نسيت إيه يابونا؟

- لحم (يسوع) يا (ميلاد). إيد (يسوع) الممدوده لحوارييه فاضيه، فين الخبز يا بني؟

عاود (ميلاد) النظر في الرسمه لَمْ تَبْدُ عليه أمارات الأسف. أمسك فرشاتَه، طبع اسمَه في الركن القريبِ له ـ (ميلاد نور) ـ وكأنه يعلن أن الحكاية قد انتهت.

حاول أن يلتفت إلى أسفل، فشعر بدوارٍ شديد، دوار جعله يغمض عينيه جبرًا.

ناداه (مكاري):

- الخبز المقدس يا (ميلاد)، لحم (يسوع) يا بني.

كأن صوت (مكاري) يأتيه من بئرٍ سحيق، اهتزت الخشبةُ التي تصله بالسقف في خطورة واضحة. حاول أن يفتح عينيه في عيني (يسوع)، مادت به الدنيا، أسلم جسده للنهاية، وسقط من السماء.

كانت رحلته من السماء، وحتى الأرض كفيلة أن تفتح عينيه على ابتسامة (يسوع) الذي لم يُغَيِّرها لسقوطه. ويده الفارغة.

سقط (ميلاد)، ولم يتحرك (يسوع)، أو أحدٌ من الحواريين، رحلة أبعد من احتماله.

حين استقبلته الأرض أطلق روحه للسماء، وعلى وجهه نظرةٌ تحمل ألفَ سؤالٍ وسؤال.

✸✸✸✸✸✸✸

تجمهر بعض الرعيةُ مذعورين حول جثة (ميلاد) يتقدمهم القس (مكاري).

حلَّت الفوضى في الكنيسة، وتهافت الناس على رؤية الرسام الذي سقط. ظهرت كل الوجوه التي كانت تتأمله منذ بدأ رسمته، تلك الوجوه التي تابعته من دون تدخلٍ، وتلك الوجوه التي لم يجد فيها مَا يستحق أن يتابعه.

قال واحدٌ من الحضور:

-   هو لسه فيه الروح؟

صفق آخر كفًا بكفٍ:

-   مات، ربنا يقبل منه ويعوضه.

تحدث البعضُ عن نحول جسده الواضح، وكيف زاد في أيامه الأخيرة عن حد المعقول.

-   كان باين عليه الضعف، جسمه كان بيموت حتة بحتة، بس ليه مكنش بيهتم بنفسه؟

- شكل شغله في بيت الرب لهاه عن صحته ونسي الأكل.

رأى الحضور جميعهم ابتسامته الخافتة، والتي أضْفَت على جسده الجامد شيئًا من الغرابة ممزوجة بلمحة أسطورية.

لكن الوحيد الذي كان يرى الجوع في عينيه هو .... القس (مكاري).

أدار (مكاري) ناظريه إلى السقف. ثم عاود النظر إلى عينيّ (ميلاد)، فرأى ذلك الخيط الرفيع الواصل ما بين عينيه، ويد (يسوع) الخاوية. أمّا عينا (ميلاد) حقيقةً كانتا تحملان صورةَ أحد الطفلين يضحك برقةٍ، و قلبه ينبض.

- محدش بيموت من الجوع ـ قالتها لي جدتي، حين وقعَ نظري على طفلٍ من أطفال الشوارع في يده تفاحة، كنت قد سألتها عن مصدرها.

لكن (ميلاد) مات .... مات جائعاً، رغم أنه كان وسط الناس، وفي بيت الرب (يسوع)، يملأ عينيه من لحمه و دمه المُقَدّسَيْن.

تمت

سيرة ذاتية للكاتب

تامر محمد أحمد عطية

طبيب أسنان، روائي، مصري من مواليد 1978 الزقازيق/ الشرقية

متزوج ويعول طفلين

نشر له ستة أعمال بالترتيب

- ربما تطعمنا يد الله رواية دار الميدان
- الحلم من جوه رواية
- الذي يسقط مونودراما مسرحية
- آمون رواية
- ذراع امرأه عجوز رواية
- أضيق من النظر رواية دار عصير الكتب

قام بالمحاضرة في العديد من قصور الثقافة والجامعات المصرية.

يمتلك رؤية خاصة بالنسبة للنقد الأدبي، وأحيانا ما تكون مثيرة للجدل

نشرت له العديد من المقالات والقصص القصيرة والقصائد الشعرية في مجلات وصحف إقليمية

قم بتنزيل برنامج QR CODE Scanner من Play Store لقراءة الأكواد

لزيارة موقع الدار	ضيف هاتف الدار على موبايلك مباشرة

لزيارة صفحة الدار	للتواصل مع الدار واتس آب

مجلة الدار لإصداراتها الورقية